마음이 평화로우면

행복은 그곳에 꽃처럼 내려앉습니다.

평화 속에 휴식하시길

기도합니다.

_____님께

_____드림

달팽이가 느려도 늦지 않다

달팽이가 느려도 늦지 않다

글 · 정목

수오서재

한마디 말이 꽃향기가 되기를
한마디 말이 따뜻한 밥 한 그릇이 되고
한마디 말이 지친 사람에게 의자가 되며
한마디 말이 상처 입은 이에게 신비한 약이 되고
언어가 지나간 자리마다
어둠을 밝히는 등불 되소서

― 정목 합장

목차

1

비움으로
나   를
채웁니다

파도가 밀려왔다가 빠져나가듯

근심과 걱정도 밀려왔다가 빠져나가는

물결 같은 것입니다.

파도타기를 하며 즐거워하는 사람들은

파도가 두렵지 않습니다.

모든 것은 밀려왔다 밀려갑니다

걱정이나 불안 같은 부정적인 감정은
그 감정에다 개인적인 해석을 붙이려는 습관이 있습니다.
일어나는 감정을 그냥 일어나는 그대로
너그럽고 다정하게 이해하며 인정하는 것이 필요하지요.

불안한 감정이 일어나는구나, 걱정하는 마음이 일어나는구나,
이렇게 그냥 바라보며 받아들이라는 것입니다.
그 모든 것들은 순간적으로 일어났다 사라지는 것이니까요.
파도는 밀려왔다가 밀려갑니다.
근심과 걱정도 밀려왔다가 밀려갑니다.

파도가 밀려온다고 해서 그것이 영원할 것이라 믿는 사람은
없습니다. 그러나 근심, 걱정이 밀려오는 순간 어리석은 이들은
그것이 영원히 빠져나가지 않을 것이라고 생각하며
안절부절못합니다.

그러나 파도가 밀려왔다가 빠져나가듯
근심과 걱정도 밀려왔다가 빠져나가는 물결 같은 것입니다.
파도타기를 하며 즐거워하는 사람들은
파도가 두렵지 않습니다.
근심과 걱정도 파도타기를 하듯 탈 수 있는 사람들은
그것이 밀려왔다가 빠져나간다는 사실을 의심하지 않습니다.

끝없이 밀려왔다가 밀려나가는 파도를 향해
바다 같은 인내심을 가지고 근심과 걱정의 파도타기를 해보세요.
바다는 그 많은 파도를 아무런 불평 없이
매번 받아들이지 않습니까.
근심과 걱정도 받아들이는 바다 같은 마음을 가져보세요.

움직이는 것은 마음

감정을 일으키는 것은 그대도 상대도 아니며 오직 마음이 그럴 뿐입니다. 마음에 비친 분노라는 감정은 실체가 없어서 마치 영화관에서 스크린을 통해 보는 영상과 같습니다.

오래전부터 선불교에서 내려오는 유명한 일화로, '풍번문답'이라는 6조 혜능 선사의 이야기가 있습니다.
펄럭이는 깃발을 보고 한 사람은 깃발이 움직인다고 하고, 또 한 사람은 바람이 깃발을 움직인다고 하는데, 이들의 말을 듣던 혜능 선사는 움직이는 것은 마음이라고 하지요.

"깃발도 바람도 움직이지 않는다.
움직이는 것은 그대들의 마음이다."

우리가 실제로 존재한다고 믿고 있는 분노라는 감정도 알고 보면 마음이 일으키는 속임수이며 환영에 불과합니다.

들숨 날숨에 하나,

들숨 날숨에 둘,

들숨 날숨에 셋,

들숨 날숨에 넷,

들숨 날숨에 다섯,

들숨 날숨에 여섯,

들숨 날숨에 일곱,

들숨 날숨에 여덟,

들숨 날숨에 아홉,

들숨 날숨에 열.

이렇게 열까지 수를 세며 호흡해보세요.

모든 감정은 좋거나 나쁘거나

호흡하는 길을 따라 흘러왔다가 순식간에 사라집니다.

자신의 그림자를 싫어하는 사람

장자에 나오는 우화 중에 이야기 하나를 옮겨보겠습니다.

자신의 그림자가 마음에 안 들고, 자신의 발소리를 싫어하는 사람이 있었습니다. 그 사람은 자신의 그림자와 발소리를 없애야겠다고 결심했어요.

"좋은 수가 생각났어. 그림자와 발소리로부터 멀찌감치 달아나는 거야."

자리에서 벌떡 일어나서 그는 달리기 시작했습니다. 그러나 땅에서 발을 뗄 때마다 발소리가 더 크게 들려왔고, 그림자는 쉬지 않고 따라왔습니다.

어리석은 그는 실패의 원인을 빨리 뛰지 않는 데 있다고 생각한 나머지 더 빨리, 더 빨리 뛰려고 노력했습니다. 쉬지 않고 뛰었지요. 그렇게 뛰다가 그는 끝내 죽고 말았습니다.

어리석었던 그는 그늘 속에 들어가면 그림자가 사라지고, 고요히 앉아 있으면 발소리가 사라진다는 간단한 원리를 알지 못했던 것입니다.

장자의 우화에 나오는 어리석은 이와 마찬가지로 우리 또한 살아가며 나 자신의 그림자를 싫어할 때가 있습니다.

그림자는 내가 아니면서 또 나이지요. 그림자를 사라지게 하는 방법은 단 하나, 나 자신을 사라지게 하는 것밖엔 없습니다. 나 자신을 사라지게 한다는 말은 내가 '나'라고 믿고 있는 나의 에고를 사라지게 한다는 뜻입니다.

우리는 에고를 '나'라고 착각하고 삽니다. 사실은 '나'도 아닌 그 에고를 받아들이지 못해 힘들어하기도 하고 가끔은 그 에고에 만족하며 오만해지기도 하지요. 에고에 속지 마세요. 에고는 그림자를 만드는 가짜 '나'일 뿐입니다.

에고로부터 멀어지는 순간 당신은

있는 그 모습 그대로 아름답습니다.

있는 그대로 당신은 훌륭합니다.

스스로를 비하하는 그 마음만 내려놓을 수 있다면,

자신이 아름답다는 그 사실을 받아들이기만 한다면

당신은 아름다운 사람입니다.

아무 생각도 하지 않는 행복

한 수행자가 미동도 하지 않고 앉아 있는 스승에게 이렇게 물었습니다.

"스승님, 그렇게 꼼짝도 하지 않으시고 앉아 무슨 생각을 하고 계십니까?"

질문을 받은 스승은 이렇게 대답했다고 합니다.

"아무것도 생각하지 않음에 관해서 생각하고 있다."

스승의 엉뚱한 대답을 얼른 이해하지 못한 제자는 다시 한 번 물었습니다.

"그게 무슨 뜻인지요? 어떻게 생각하지 않음에 관해 생각할 수가 있단 말입니까?"

다시 제자의 질문을 받은 스승의 대답은 간단했습니다.

"그건 아무 생각도 하지 않는 것이다."

아무 생각도 하지 않는 것! 현대인들은 그것을 하기가 쉽지 않습니다. 끝없이 생각하며 달려가고, 그 생각에 스스로 치여 정신과 병원을 찾아가며, 사람들은 그렇게 복잡하게 살아갑니다.

여러분은 얼마 동안이나 아무 생각도 하지 않고
시간을 보낼 수 있으신지요?
생각이 사라지면 찾아오는 것은
공허함이 아니라 행복감입니다.

'나'라는 생각

내가 있다는 그 생각, '나'라는 그 생각은 마치 돌과 돌이 부딪쳐 불꽃이 튀는 것과 같은 것이라고 부처님은 가르치셨습니다. 그 시절 인도의 빔비사라 왕에게 부처님은 이런 질문을 하셨습니다.

"대왕이여, 돌과 돌이 부딪칠 때 튀는 불꽃은 돌의 것입니까 아니면 누구의 것입니까?"

만약에 여러분이 그런 질문을 받는다면 어떻게 대답하시겠습니까? 돌과 돌이 부딪쳐 튀는 불꽃, 그 불꽃은 정말 돌의 것일까요? 아니면 누구의 것일까요?

어리둥절해하는 빔비사라 왕에게 부처님은 돌이나 불꽃이나 모든 만물은 실체가 없고 무상한 것이니 '나'라는 그 생각, 내가 있다는 그 생각에 집착하지 말라는 가르침을 주시기 위해 그런 비유를 들었습니다.

'나'라는 그 생각, 내가 있다는 그 생각은 마치 돌이 부딪쳐 튀는 불꽃과 같은 것이니 그 생각을 놓을 때 우리는 더 자유로워집니다.

유쾌한 장례식

영국이나 미국 등지에서 장례식도 유쾌하게 보낸다는 기사를 본 적이 있습니다. 장례식을 축제라고 하는 분도 있습니다만, 이별을 슬퍼하며 목 놓아 울기보다 고인을 위해 펑키 음악이나 재즈, 춤, 자녀들의 시 낭송이나 장기자랑까지 상주와 조문객들이 그가 살아 있었을 때 가장 좋아했던 형식으로 장례식을 치른다는 것은 의식이 높아지지 않고선 하기 힘든 일입니다.

여러분은 자신이 세상 떠난 뒤 남아 있는 사람들이 어떻게 해주면 좋을 것 같으신지요?

어느 날 우리 절에 다니시는 한 할머니가 음악이 담긴 CD 하나를 들고 오셔서, "스님, 나 떠나고 사십구재 때 스님께서 목도 아프실 테니 못 알아듣는 염불 많이 하지 마시고, 제가 좋아하는 음악을 틀어주십시오"라고 말씀하시더군요.

죽음을 초연하게 준비하고 유쾌하게 받아들이는 자세가 참 멋있지 않으신가요?

불가에선 선사들이 육신의 허물을 벗기 전에 제자들에게 "나 오

23

늘 떠날란다" 하시고는 바로 앉은 채 좌탈입망하시거나 거꾸로 물구나무를 서면서 물질계를 떠나시는 일이 있습니다.

그러다가 제자들이 "스님, 며칠 뒤에 큰 법회가 있는 날이니, 그 법회 좀 봐주시고 떠나시지요" 이렇게 부탁을 드리면 "그러지 뭐" 하시며 며칠 더 사바세계에 머물다 법문하시던 자리에서 내려오자마자 입적하시는 스님들도 있었다고 합니다.

오고 가는 기간을 늘리기도 하고 줄이기도 하고, 세상에 다시 오기도 하고 다시 오지 않기도 하면서 생사여탈을 자유자재로 하시는 선사들은 그 모든 일들이 번뇌에서 벗어나면 가능한 일이라고 하지요.

일본 메이지 시대에 하라단산이라는 유명한 선승은 74세에 세상을 떠날 그날을 미리 알아차린 뒤, 임종하기 20분 전에 친한 친구에게 편지를 쓴 것으로 유명합니다.

"친구여, 내 육신이 곧 임종을 맞을 것이니, 그 사실을 알리는 바이네."

이렇게 딱 한 줄의 편지를 띄우고 세상을 떠났지요.

그 편지가 도착할 즈음 선사는 이미 대자유의 경지에 들어섰으니
뒤늦게 편지를 받은 친구로서는 텅 빈 그림자만 바라볼 수밖에
없었을 것입니다.

어제의 싱싱하고 신선하던 꽃이
병들고 시드는 것을 아무 거부감 없이 받아들일 수 있는 것처럼
우리는 왜 그런 태연한 태도로 질병과 죽음을
인정하지 못할까요?

태어난 것의 변화와 해체, 죽음은 모든 것들이 피할 수 없는 자연
스러운 현상들입니다. 불교에서는 죽음을 육체와 마음이 분리되
는 것이라고 말하지요.
따라서 죽음은 무엇이 끝났다든지, 막이 내렸다든지, 이렇게 중단
되는 것이 아니라, 그저 변화하는 한 형태일 뿐입니다.
우리가 늙어가는 것, 병드는 것, 죽음에 대해 불편하게 생각하는
건 이런 진리에 대해 부정하는 무지 때문입니다.

순리대로 살아갑니다

생각해보면 죽음조차 얼마나 아름답습니까?

물방울이 말라 수증기로 증발하고 그 수증기가 비구름을 이루어 다시 지상으로 떨어지는 빗방울이 됩니다. 떨어진 과일의 열매가 한 알의 씨앗으로 땅속에 묻혀 이어지는 생명을 잉태하거나 누군가의 입속으로 들어가 영양소가 됩니다. 이 모든 것은 그 형태만 바뀔 뿐 돌고 도는 순환의 원리 속에 들어 있습니다.

인간의 생명 또한 다르지 않아서 여름이 지나면 가을이 오고, 가을이 지나면 또 겨울과 봄이 오듯 순환의 연결 고리 속에 포함되는 것이지요.

얼마 전 아는 분이 제게 "스님, 올해 그리고 내년에 건강에 각별히 유의하십시오" 이렇게 충고를 하더군요. 하지만 저는 그 말을 들으면서도 마음에 동요가 없었습니다. 그 말이 사실이건 사실이 아니건 내가 받아들여야 하는 것이라면 받아들이면 될 것이고, 그게 아니라면 흘러가겠지요.

이런 말 저런 말에 다 걸린 채 가다 보면 자연스러운 흐름은 꺾이고 비틀어져서 그 걸려버린 마음이 마음에 고통을 일으키고, 재앙을 일으킬 것입니다.

죽음을 예감하는 순간,
또는 죽음은 언제나 우리에게
닥쳐올 수 있다는 것을
받아들이는 순간,
우리는 겸손해질 수 있습니다.
죽음은 우리 인생의 가장 큰 스승이며
가장 큰 공부입니다.

깊은 숨을

내보내는 시간

○

원하는 것이 많으면

몸은 고단하고 마음은 산만해지기 쉽습니다.

원하는 것은 다 채울 수도 없지요.

끝없이 원하는 마음은

물에 빠진 사람처럼 무엇이든 움켜쥐려 합니다.

잡히지도 않는데 말입니다.

○

욕망하는 것은 끌어당기는 힘이고,

저항하는 것은 밀어내는 힘이지요.

이 두 힘이 인연에 작용해 어떤 인연은 끌어당기고

어떤 인연은 내치지요.

그러나 두 힘 모두를 마음의 집착 없이 흘러가는 흐름에 맡기면

오기도 하고 가기도 하죠. 마치 파도처럼.

인연도 자신의 의지로 만드는 한 폭의 풍경화입니다.

근심은 두려움을 낳고 두려움은 갈등을 불러옵니다.
구하고 바라는 것이 없으면 갈등이 생길 일도 없겠지요.
그러면 도대체 무슨 재미로 사느냐고 묻는 분도 있습니다.
구하고 바라는 마음은
딱 세상을 살아가는 데 재미가 있는 만큼만 가지고 사세요.
그 이상은 근심을 불러오게 되니까요.

한 방울 물에도 천지의 은혜가 스며 있고,
한 톨 곡식에도 만인의 노고가 담겨 있다고 하는데,
수도가 얼어 물이 나오지 않은 채 나흘을 살아보니
물 한 방울이 피보다 귀합니다.
오늘은 수도 사업소에서 파이프 녹여주러 오시려나,
모든 것이 고마운 날.

제 친구 스님이 새벽안개가 자욱한 길에 쌀 배달을 가다가
사고가 나서 그만 한쪽 눈을 실명했어요.
같은 동네 사시는 독거노인들을 위해 쌀을 배달하다가
그렇게 되었으니 참 안타까운 일이지요.
그 스님 1년간 마음고생하더니 어느 날 제게 말하더군요.
"나 이제 안 울어.
내겐 아직 눈 하나가 남아 있고, 손도 발도 있잖아.
없어진 것보다 남아 있는 게 더 많아."
정말 감동 먹었어요. 이런 감동, 밥 먹듯이 먹었으면 좋겠군요.
남아 있는 게 더 많은데도
늘 잃어버린 것만 생각하며 눈물 흘리는 우리에게
이 스님 말씀은 눈물이 쏙 들어가게 합니다.

마음을 내려놓는다는 뜻의 하심下心은
감정을 억지로 자제하는 것이 아니라
올라오는 감정을 그 느낌 그대로 알아차리는 것이라 여겨보세요.

화가 나면 화나는 그 감정을 향해
'화' 하고 이름을 붙여보세요.
짜증이 나면 짜증 나는 그 감정을 향해
'짜증' 하고 이름을 붙여보세요.

이름을 붙이고 조금 떨어져서 보면 화와 짜증은 줄어듭니다.
감정에 즉각적으로 반응하지 않음으로써
그쪽으로 흘러가는 에너지를 차단하는 방법을 배워야 합니다.

지금 내 곁에 있던 그 사람

한순간 바람처럼 사라지는 것이

우리 인생이네.

덧없는 인생, 부질없는 일에 목숨 걸 것 없네.

오늘 맡은 일에 최선을 다하신 모든 분들,

스스로의 마음속에서 우러나는 찬사를 자기 자신에게 보내세요.

수고했다 고맙다 하며 자기에게 사랑과 감사의 마음을 보내며

토닥거려보세요.

덧없는 인생, 바람처럼 사라지는 많은 것들 앞에서 살아가느라

수고한 나 자신에게 먼저 고마움을 표시해야 합니다.

"경쟁자의 성공이나 덕성을 미워하는 마음
남을 헐뜯고 모욕을 주려는 의도
남에게 상처를 입히려는 잔인한 의도
환심을 사려는 비열한 욕구
친구 간의 틀어진 모습을 재미있어하는 행위들은
모두 뒤틀린 마음이다."

초기 불교 경전인 《아함경》을 읽다가 발견한 구절입니다.
형체도 없는 마음이 뒤틀려 있다면 바로잡기도 쉬운 일이 아닙니다.
마음을 바로잡을 수 있는 유일한 도구가 마음이라는 사실은
흥미롭습니다. 바로잡을 마음도, 바로잡힐 마음도
사실은 없는데 말입니다.

니체는 큰 고통은 정신의 최후의 해방자라고 했습니다.
고통을 겪으면 평소 귀중하게 보였던 것들이
한순간에 부질없어지고,
평소 가치 없게 생각했던 것들이
사실은 무엇보다 소중한 것임을 깨닫게 됩니다.

여러분은 외로움을 어떻게 푸시나요?
외로움 때문에 늘 새로운 인간관계를 원하지만,
근본적으로는 나 아닌 다른 이가
나를 외롭지 않게 해줄 수는 없는 일입니다.

기대했던 관계가 실망으로 끝날 때 누굴 탓해야 할까요?
깊은 호흡으로 돌아와 자신과 만나는 순간
우리는 새로움으로 채워집니다.

호랑이의 깊고 강렬한 눈빛은
기민하고 정확하게 표적을 간파한다지요.
호흡도 그렇게 관찰하라고 합니다.

◎

무엇인가를 싫어할수록 누군가를 미워할수록

그 대상이 내게서 멀어지는 게 아니라 더 달라붙게 됩니다.

머릿속을 맴돌고 심지어 잠을 자는 침대까지 따라오지요.

강하게 저항할수록 우주는 그것을 강력히 원한다고

잘못 해석해서 저항의 에너지를 보내줍니다.

심하게 저항할수록 오랫동안 사라지지 않고

남게 되는 것은 그 때문입니다.

◎

손가락 까딱하며 손짓할 때 그것은 온 우주가 함께 공명하는 것,

한 생각 일으키는 찰나 우주 마음은

번개보다 빠르게 생각에 접속되니

이 세계에서 일어나는 일은 우리 생각의 반영일 뿐,

생각을 붙잡지 말고 흘러가도록 내버려두세요.

○

손톱이 아니라 지문 있는 양손 끝으로 머리를
톡톡톡톡 두드려주세요.
이마와 눈 주위도 살살 두드려주면 정신이 맑아져요.

○

화를 자주 내면 그 화가 인격으로 자리 잡게 됩니다.
앞으로는 화가 나거나 흥분하게 되면
어떤 사람과 생각, 그리고 기억이나 상황이 화를 일으키는지
한발 물러나 관찰하고 기록해보세요.
맹목적인 반응을 의지력으로 멈출 수 있는 연습이 될 것입니다.

○

호오포노포노를 세상에 널리 알린 휴 렌 박사는
모든 문제와 갈등은 생각에서 비롯된다 했습니다.
그러나 고통스런 기억으로 얼룩진 생각을 정화하면
새로운 에너지로 바뀌지요.
"생각, 말, 행동으로 상처 주었다면 부디 용서하세요"라는
간단한 말로 나와 상대의 마음을 두드리면
평화를 찾을 수 있습니다.

○

여행 떠날 때 짐을 많이 가져가면
휴식을 즐기지 못하고 가방 속 짐을 싸고 푸느라
기운을 다 빼앗깁니다.
짐이 간결해야 여행이 즐겁듯이
인생을 여행 온 듯 살아가면 그리 많은 것이 필요치 않고
기운도 덜 빼앗길 것입니다.

◦

지금의 삶이 힘들수록
낯선 땅에 이방인으로 온 듯이
살아가 보십시오.
구절양장九折羊腸을 굽이쳐 지나듯
고통을 벗어나는 비결은
내게 일어나는 모든 일을 참을성 있게
여행자가 되어 관찰하는 것입니다.

◦

단풍나무와 단풍잎은 오래된 상처를 치유하는 효과가 있다고
휴 렌 박사는 말합니다.
마른 단풍잎을 가까이 두거나 몸에 지니기만 해도
깊은 상처에 대한 기억이 지워진다니
단풍잎 한 장이 사랑과 자비의 어머니 관세음입니다.
세상의 소리를 모두 듣고 세상의 아픔을 모두 어루만지는 관세음.
한 그루 나무로 서 있는 자연이 바로 관세음이며,
사계절 소리 없이 흘러가는 강물이 바로 관세음입니다.

순백의 아름다운 꽃, 하늘의 선녀가 떨어뜨린 옥비녀가 꽃으로 피었다는 전설을 가진 옥잠화는 향기도 참으로 달콤합니다. 세상엔 사람들 중에도 그렇게 은은한 향기를 내는 사람이 있는가 하면 악취만 풍기는 사람들도 있습니다.

순백의 옥잠화를 보며 많고 많은 꽃 중에 저렇게 하얀색 하나만으로도 아름다움을 드러낼 수 있는 꽃도 있구나 하고 감탄해봅니다. 참으로 아름다운 것은 단순한 것입니다.

'낙엽은 우주와 같다'라고 쓴 글을 본 적이 있습니다.
쓸어내면 쌓이는 낙엽같이 변화무쌍한 우주 또한
날마다 쓸지 않으면 낙엽이 쌓인 길이 됩니다.

여기서 우주란 우리의 내면을 뜻하는 말이겠지요.
우리 내면도 청소하고 쓸어내고 정리하지 않으면
먼지가 쌓이고 더러워집니다.

우리 생활공간을 돌아봐도 낙엽이 쌓여 있는 경우가 많습니다.
지나친 장식이 아름다움의 자리를
대신 차지하고 있는 경우가 허다하지요.
이때 지나친 장식이 바로 쓸어서 버려야 할 낙엽입니다.
낙엽이야 운치라도 있지만 비에 젖어 쓰레기가 된 낙엽은
삶을 무겁게 할 뿐입니다.

덜 가지면 덜 쓰게 되고,
덜 쓰면 덜 벌어도 되고 덜 복잡해지니
단순해지면 아름다움이
보이기 시작합니다.

○

티베트 의학에서는 피부와 관련된 질병은 과거 생으로부터 반복된 무지와 어리석음에서 오고, 뼈가 쑤시고 아프거나 뼈가 부러지는 등 뼈 질환들은 분노에서, 심장병·고혈압 등 혈액 질환은 집착에서 비롯된다고 진단합니다.

○

열린 마음으로 보면 세상의 평범한 것들로부터도
신비를 발견하게 됩니다.
크게 아프고 난 뒤 사람들은
무심했던 숟가락질 하나에도 신비와 경이로움을 느끼게 됩니다.
고통을 겪고 난 뒤 바라보는 세상은 신비롭습니다.

만약 무엇인가로 인해 심기가 크게 불편하다면
긴장을 풀고 그 불편한 것들을
내쉬는 숨에 크게 내보내며 없는 듯 그렇게 한번 지나가보세요.

○

방향 없는 막연한 걱정은
한자리를 맴돌며 불안을 더 키우고 에너지를 소모하게 합니다.
중요하다고 여기는 일 하나만 먼저 계획을 세우고
거기에 일념집중하면 원하는 일의 성과를 얻을 수 있습니다.

비우고 또 비우면 안 비워질 리 없건만
비우려 노력하면 더 달라붙어서 안 떨어지니
비워야겠다는 생각에도 붙잡히지 말고
무심히 지금의 일에 집중해보세요. 아자!

○

풀잎 위 죽은 잠자리
살아서도 가볍고
죽어서도 가볍네.
살아서도 아름답고
죽어서도 아름답네.
악취도 없고 땅을 더럽히지도 않네.
사람의 시신도
저렇듯 가볍고 아름다울 순 없을까?

벌레 한 마리 닷새째 천장에 꼼짝 않고 붙어 묵언 참선 중이다.

가만히 다시 보니 숨소리가 없다.

껍질만 남겨놓고 혼은 떠난 것이다.

거꾸로 매달려 좌탈입망座脫立亡.

벌레의 죽음이 나를 내려다본다.

그렇게 내려다보는 벌레를 거꾸로 올려다보며

나는 잠자리에 듭니다.

내려다보는 마음은 자비이지만 올려다보는 마음은 외경입니다.

세상 모든 것을 향해 존경과 사랑의 마음을 보냅니다.

줄 수 있다는 것 그 자체가 행복 아닐까요?

나무는 준다는 생각조차 없고

주었다고 해서 어떤 대가를 바라지 않으니

사람들이 모두 나무 가까이 가면 편안하고

긴장하는 마음과 경쟁하는 마음을 내려놓게 되겠지요.

나무는 그래서 치유의 힘을 가지고 있나 봅니다.

얼마 전 블루베리 숲에서 나무에 관한 강의를 들었습니다.

나무는 태어나서 생을 마감할 때까지

오직 끝없이 주기만 하다가 사라진다는군요.

몸의 살, 뱃살, 옆구리 살, 허벅지 살 어디든

알맞게 살을 빼는 것은 건강에 좋습니다.

하지만 자기 위주의 생각과 행동과 말을 절제하여

자아를 날씬하고 담백하게 하는 것은 더욱 아름답습니다.

'만약 내가 빛의 속도로 날아간다면

눈앞의 거울에 내 얼굴이 비칠까 안 비칠까?'

아인슈타인이 16살 때 스스로에게 했던 질문은

위대한 사색의 첫걸음이 되어 상대성 이론이 탄생했지요.

그 사람이 처한 상황이나 입장에 따라

시간은 길게도 짧게도 느껴지는 법입니다.

시간의 길이와 속도 등이 관측자의 입장에 따라 변하는 것은

그 사람의 마음 상태가 늘고 주는 것이지요.

빛보다 빠르게 지나가는 세월 또한 마음이 지어내는

일시적 현상입니다.

○

만약 관계가 편치 않은
어떤 사람이 있다면 가장 먼저 할 일은
고요히 호흡하며
그가 한 가지라도 도움 준 것에
주의를 집중하는 일입니다.
그가 얼마나 많은 도움을 주었는지를
생각해낼 수만 있으면
부정적 감정은 소멸됩니다.

○

"진정한 즐거움은 마음에 부담이 없는 것,
구하고 바라는 마음 있으면 괴로우나,
마음에 구하고 바라는 것 없으면
그것이 즐거운 마음 가운데 제일이다."

경전에 나오는 말씀입니다.
누군가에게 칭찬 듣고, 인정받고, 사랑받고 싶은 온갖 바람이
근심을 불러옵니다.

도가에 이런 말이 있지요.

"앞설 때도 있고,
뒤처질 때도 있다.
움직일 때도 있고,
쉴 때도 있다.
기운찰 때도 있고,
지칠 때도 있으며
안전할 때도 있고,
위험에 처할 때도 있다."

어둠이 내리는 저녁입니다.
충분히 휴식하세요.

마음도 안과 밖이 있습니다.
마음 안에 있을 때는 마음을 볼 수 없습니다.
마음에 갇혀 있을 때 우리는
아무것도 마음대로 결정할 수 없습니다.

그러니 마음 밖으로 걸어 나가야 합니다.
마음의 울타리를 걷어치우고
울타리 밖에서 자신의 마음을 들여다보세요.

그것은 아주 간단한 일입니다.
코끝으로 들락날락하는 호흡을 지켜보며
들어가는 숨에다 '들이마심' 하며 이름 붙이고,
내쉬는 숨에다 '내쉼' 하며 이름만 붙이면 됩니다.

이름을 붙이는 순간 당신은
마음으로부터 떨어져 나와
울타리 밖에서 마음을 지켜보는 당신을
발견하게 될 것입니다.

2

중 심 을
잡 습 니 다

미래는 언제나 오늘입니다.

이미 와버린 미래는

오늘,

지금 이 순간이란 말이지요.

지금 이 순간을 사는 것

당신에게는 이루고 싶은 목표가 있을 것입니다. 그 목표는 미래에 있습니다. 목표는 현재에 있을 수 없는 것이니까요. 하지만 미래는 어디에도 존재하지 않는답니다. 아직 세상에 오지 않은 것이 미래니까 말입니다.

그런데도 우리는 목표를 바라보며 미래를 향하여 살아갑니다. 목표를 두고 노력하고 애쓰는 것은 아름다운 일이지만 우리는 목표로 인해 지금 여기, 이 순간을 살지 못합니다.

목표에 닿지 못할까 봐 불안해하기도 하고, 항상 목표에 미치지 못하는 자신이 불만족스럽다 느끼며 자신을 책망하며 살기도 하지요. 그렇게 미래에 가 있는 마음은 늘 부족한 쪽으로만 자신을 바라보게 만들 수도 있습니다. 아무것도 부족하지 않고, 아무것도 모자라지 않는데도 말입니다. 왜 계속해서 이상에 매달리고 있는지, 왜 늘 자신은 부족한 존재라고 생각하며 살아야 하는지 한 번쯤 돌아보세요.

누가 당신의 길을 막고 있습니까?

지금 이 순간, 왜 충만한 삶을 누리지 못하고

과거에 매이거나 미래에 목말라 하는지요?

미래는 언제나 오늘입니다.

이미 와버린 미래는

오늘, 지금 이 순간이란 말이지요.

존재 이유

사람들은 자신의 존재 이유를 타인으로부터 찾을 때가 많습니다. 존재의 이유는 꼭 좋은 쪽으로만 찾아지는 것도 아닌 것 같고요. '그 사람이 그런 짓을 하기 때문에 그 사람을 미워하지 않을 수 없어…' 하고 말입니다.

내가 누군가를 미워하는 이유, 내가 누군가를 미워하며 존재하는 이유를 나 자신으로부터 찾는 것이 아니라 '그 사람이 그런 짓을 하기 때문'이라고 존재 이유를 타인으로부터 찾고 있는 것이지요. 그런 행위는 자기 자신이 스스로의 근원이 되어 인생을 결정하는 것이 아니라 모든 결정을 타인에게 해달라고 요구하는 것이나 다름없습니다.

그 사람이 그런 짓을 하지만 않는다면 그 사람을 미워하지 않겠다는 식으로 말입니다. 미운 짓을 하면 미워할 것이고, 미운 짓을 하지 않으면 미워하지 않겠다는 그 자세는 어떻게 보면 내가 그 사람의 꼭두각시 같은 역할밖에 하지 못하는 결과를 초래합니다. 그 사람의 행동에 따라 나의 결정이 바뀌게 되니까요.

어떤 모임이나 조직에 가면 가장 높은 자리에 있는 사람이 어떤 일의 결정권을 쥐고 있습니다. 그 사람이 그 조직의 결정권자인 것이지요.

그렇다면 여러분의 결정권자는 누구인가요?
여러분 자신인가요?
아니면 미운 행동을 해서 여러분 마음을 갈등으로 몰아넣는 그 사람인가요?

오랜 향기처럼 남는 사람

고요한 연못
개구리 뛰어드는
물소리 퐁당

하이쿠의 명인 마쓰오 바쇼의 대표적인 시입니다. 여름밤 자욱하
게 울려오는 개구리 소리가 그립지요? 이렇게 서울 한복판, 그것
도 높은 빌딩 꼭대기에 앉아 멀리서 꼬리를 잇고 있는 자동차의
행렬을 바라보고 있노라면 마치 느린 그림으로 보는 영화같이 세
상 풍경이 아득하기만 합니다.
저 자동차들이 매연 대신, 빵빵거리는 소음 대신, 바쇼의 연못에
뛰어드는 개구리처럼 퐁당거리는 소리를 내거나 개굴개굴 자욱한
여름밤의 소리를 내면 어떨까 하는 상상을 해보기도 합니다.

수직으로 서 있지만 늘어뜨린 가지가 마치 몇 열 횡대로 서 있는
듯한 자귀나무에 어느새 빨갛고 하얀 꽃이 피었습니다. 재스민 향
기보다는 가볍고, 라일락 향기보다는 더 싱그러운 자귀꽃 향기가

58

지금 이렇게 밀폐된 스튜디오 속으로도 날아오는 것 같은 착각은 아마 제 마음이 오래오래 자귀꽃 그 향기를 간직하고 싶기 때문이겠지요.

한 줄의 하이쿠처럼, 여름날 자귀꽃 싱그러운 향기처럼 가고 나서도 오래오래 생각나는 사람들이 있습니다. 여러분도 그런 사람으로 살거나 그런 사람으로 남고 싶지 않으세요?

꽃잎처럼 흩어질 인생이지만 우리의 후각에 은은한 기억으로 남아 있는 꽃향기는 반갑고 그리운 사람들의 다시 불러보고 싶은 이름 같기만 합니다.

덕을 쌓는 말

'칭찬이든 비난이든 말은 소리이며,
그것도 빈 소리일 뿐'이라고 합니다.
하루를 살면 하루를 사는 만큼 덕이 쌓이고,
한 달을 살면 한 달을 사는 만큼 덕이 쌓여야 할 텐데
하루를 살면 하루를 사는 그만큼,
한 달을 살면 한 달을 사는 그만큼
업을 짓는 건 아닌지 두려울 때는 없는가요?
칭찬하는 말도 비난하는 말도 단지 허공에 울리는 소리일 뿐이니
말을 뛰어넘어 가슴에 가닿는 건 무엇일까요?

우리의 가슴을 울리는 건 말이 아니라
마음을 담아 전달하는 진실입니다.
진실만이 우리를 감동시킬 수 있지요.
바른 소리, 참된 소리가 아닌
빈 소리와 헛소리는 진리를 전달하기는커녕
진리를 왜곡하며 근심과 걱정을 만들게 됩니다.

독약 같은 말은 끝내 사람을 죽음으로 몰아넣기도 하지요.

한여름 뜨거운 들판 위로 땀 뻘뻘 흘리며 가꾸어놓은

오곡과 과일만큼이나 순도 높은 말을 하며

살아가야 하지 않을까요?

말과 몸과 생각으로 하는 스스로의 행위를 잘 살펴

세상에 유익하지 않은 말과 행위는 지금 당장 멈추어야 합니다.

내 안의 미성숙한 마음

여러분은 아침에 눈 뜰 때, 저녁에 눈 감을 때 무엇을 생각하시나요? 유감스럽게도 마음은 그다지 우리를 쓸모 있는 생각으로 인도하지 않습니다. 부질없고, 허황되고, 가치 없는 일에 관심을 가지라며 부추기기 일쑤지요.

때로는 지칠 때까지 우리를 몰아가는 것이 마음입니다. 마음은 그 어떤 것도 만족할 줄 모르기 때문에 목숨이 끊어지는 한이 있어도 멈추라는 말을 하지 않습니다. 오직 자신의 의지로 마음을 멈추어야 하는 것이지요.

마음은 무엇이든지 나누고 분류해서 생각하는 것이 습관입니다. 마음은 뭔가를 분리시키고, 세상을 나누어서 생각하는 것을 즐기지요. 둘로 갈라놓고 바라보는 것이 마음의 역할이다 보니, 그것을 멈추면 마음은 발붙일 곳이 없습니다.

생각해보세요. 남자, 여자, 젊은 사람, 늙은 사람, 미운 것, 고운 것, 건강하다, 질병이 있다, 이렇게 무엇이든 나누어 생각하는 것이 우리들 마음입니다.

그러나 이 모든 것은 지혜의 눈으로 들여다보면 분리되어 있는 것이 아니라 하나라는 것을 알 수 있습니다. 남자 속에 여자가 있고, 젊은 사람 속에 늙음이 있고, 건강함 속에 질병이 있으며, 탄생 속에 죽음이 있지요.

이렇게 생각하면 화낼 마음도, 억울해할 마음도, 용서하지 못할 것 같은 마음도 모두 사라집니다.

그러니 내가 아닌 타인에게 험담하거나 악담하지 마세요. 우주를 향해 방사하는 그 부정적인 에너지는 결국 당신에게 몇 갑절로 되돌아오게 됩니다.

평화는 나로부터 시작됩니다

화가 나면 열이 위로 솟구쳐서 질 좋은 수면을 취할 수 없지요. 그럴 땐 일단 따뜻한 물로 목욕을 하고 족욕을 해보세요. 발을 따뜻한 물에 담그기만 해도 열이 아래로 내려와 순환이 된답니다. 화도 따라서 발바닥 아래로 사라지고 말지요. 그런 뒤 딸기 주스나 따끈한 코코아를 한 잔 마시면 감정이 순화된답니다.

열 받았을 땐 자리에서 일어나 똑바로 서서 숨도 멈추고 항문을 최대한 조였다가 더 이상 참을 수 없는 순간까지 갔을 때 숨을 내쉬면서 힘을 팍 풀어주세요. 3~4회 반복하고 자리에 누워 완전히 몸을 이완해보세요. 이 밤이 가면 열 받은 기차도 떠나요.

점잖은 자리에선 표시를 내지 않지만, 가족이나 친구에게서 마음에 안 드는 점이 발견될 땐 비난이나 비판이 먼저 앞서지 않나요? 우리의 에고는 자신의 주장을 내세우는 것을 좋아하기 때문에 이해보다 비난이 많습니다. 이해한다는 것은 에고가 하기엔 쉽지 않은 일이지요. 상대를 받아들이고 상대의 말에 귀 기울여야 하니까요. 그래서 이해하기보다는 버럭 화내기가 훨씬 더 쉽습니다. 그렇게 쉽게 버럭 하고 난 뒤엔 이내 후회하면서도 말입니다.

말하지 마, 비밀이야

비밀이 지켜지는 사람이 있고
비밀이야, 하고 말하면 금방 소문나는 사람이 있습니다.
소문내기 좋아하는 사람에게
이건 비밀이야, 절대 말하지 마, 하는 당부는
얼른 소문내라고 부추기는 것이나 다름없습니다.
이런 글을 읽은 적이 있습니다.
"아무에게도 말하지 말라고 하는 꼬리를 달면
비밀은 안에 담겨 있으려 하지 않고 밖으로 튀어나오려 합니다."

절대 비밀이야, 라는 말을 사용하는 것이 얼마나 어리석은 일인지
비밀에 대해선 아예 침묵을 지키거나
실수로 말했다 하더라도 차라리
비밀이라는 꼬리를 달지 않는 게 낫습니다.
현명한 사람은 비밀은 삼키고 뱉어내질 않습니다.

오롯이 현재를

보내는 시간

몸은 여기 있으면서 마음은 가깝거나 먼,

다른 곳에 가 있진 않은가요?

불안과 스트레스는 그렇게 몸과 마음이 조화를 이루지 못하고

서로 다른 방향을 보고 있을 때 찾아옵니다.

몸은 현재에 살면서

마음은 과거나 미래에 가 있다면 행복할 수 없습니다.

달리는 말 위에 올라탄 것 같은 마음을

애써 달래기보다 그대로 알아차려 보세요.

행복한 마음은 몸과 마음이 일치될 때 찾아옵니다.

과거는 내 생각 속에서 일어나는 현실입니다.

생각 바깥으로 나가면 그것은 이미 사라진 물거품일 뿐입니다.

과거에 매여 있는 동안 우리는 새로운 선택을 할 수 없습니다.

지금 이 순간만이 우리의 현실입니다.

과거에 매여 소중한 현재를 놓치지 마세요.

현재가 소중하다는 것을 깨달은 사람은

결코 과거로 자신의 시계를 돌려놓지 않습니다.

시계가 항상 지금 이 순간의 시간을 알려주듯

시계 속에도 과거는 없습니다.

과거는 오직 내 생각 속에만 있을 뿐입니다.

◦

아플 땐 아프자.
힘들 땐 힘들자.
걱정스러울 땐 걱정하자.
피하지 말자.
안 아플 땐 웃자.
편안할 땐 행복하자.
걱정 없을 땐 고요하자.
과거의 고통 후회 말자.
미래의 고통 염려 말자.

다시 햇살이 등을 쓰다듬는다.

◦

자신의 결점과 문제에만 골몰하는 사람들은
남들이 자신의 결점만 쳐다본다고 생각합니다.
하지만 사람들은
저마다 자신의 문제에 빠져 있느라
다른 이의 결점에 신경 쓸 여유가 없습니다.
그러니 심각한 상상은 집어던지십시오.

지금 당신 마음은 어디에 가 있는지 잠깐 살펴보세요. 혹시 빗장 문을 열어놓아 아무 데나 돌아다니고 있지는 않나요? 하루 종일 분주하거나 일없이 왔다 갔다 하던 마음을 이 자리에 불러오십시오. 눈은 뜨고 있고, 귀로 소리는 듣고 있고, 입으로 먹거나 말하고 있는데 마음은 딴전을 부리는 경우는 없는가요?

모든 것을 건성으로 하게 될 때 당신은 지금 여기 있는 것이 아니라 번뇌망상과 돌아다니는 중입니다. 이러면 내 의지로 행동할 수 없습니다. 깨어 있는 것이 아니라 잠들어 있는 상태가 된다는 말이지요. 의지가 내 삶을 꾸려가지 않을 때는 과거의 기억과 상황이 나를 지배하며 주인 노릇을 하게 됩니다.

"말의 힘이란 죽은 이를 무덤에서 불러낼 수도 있고
산 자를 땅에 묻을 수도 있다.
소인을 거인으로 만들 수도 있고
거인을 완전히 망가뜨려 없애버릴 수도 있다."

시인 하이네가 이런 말을 한 걸 보면 그때나 지금이나
말은 모든 일의 씨가 되나 봅니다.
말조심하라고 하지만 말조심에 앞서 생각을 조심해야 합니다.
모든 것이 마음먹기 나름이라고 할 때의 마음은
끊임없이 생각이 이어지는 공간입니다.
그 공간에서 일어나는 일 중에 하나가 말 아닐까요?
생각이 만들어낸 공간에서 말이 탄생하니 생각을 조심해야
말도 조심조심 나오게 될 것입니다.

우리의 내면엔 부자도 살고 있지만
도둑도 거지도 살고 있습니다.
마음의 거지는 만족할 줄 모릅니다.
마음의 도둑 또한 만족할 줄 모릅니다.
불길같이 일어나는 화는
마음의 도둑, 마음의 거지들이 일어서는 것입니다.

숨은 채 웅크리고 있던 그것들이
자신의 존재를 알아달라고 일어서는 것입니다.
그것들이 일어설 때 거기에 저항하지 마세요.
지그시 바라보며 그들을 향해
"화가 났구나. 그래 많이 힘들었구나" 하며
토닥거려보세요.
화는 저항할수록 커지지만 토닥거리면 사라집니다.

행복해지기 위해 적이 필요한 사람은 없을 것입니다.

선지식들도 언제나 적을 만드는 일을 피하라고 합니다.

그러나 사람들은 적을 만들면서 비판을 받거나

자신이 비판을 하는 함정에 빠지는 업을 반복하지요.

등이 오싹해질 만큼 아슬아슬한 절벽 길을 걸어갈 땐

다른 것에 한눈팔 여유가 없이

오직 자신의 발끝에 주의가 쏠립니다.

이렇듯, 다른 이의 허물이 보이면

눈길을 안으로 돌려 낭떠러지에서 발을 헛디디지 않도록

자신을 잘 살펴야 합니다.

우리의 생각은 하나하나마다
무게가 있고 저마다의 중력을 가지고 있어서
가까이 있는 생각들은 서로 끌어들인다고 합니다.

싫다는 생각, 저항하는 생각, 부정적인 생각들은
자기들끼리 뭉치며 서로를 끌어당깁니다.
반면에 좋아하는 생각, 긍정적인 생각, 도움 되는 생각들 또한
서로 뭉치고 협력하면서 서로를 끌어당기지요.

우리가 살고 있는 이 물질계는
잡아당기는 힘이 비슷한 것끼리 만나게 된다고 합니다.
우리의 생각 하나, 말 한마디, 행동 하나도 다 무게가 있으며
곁에 있는 비슷한 것들을 끌어당깁니다.

누군가를 만날 때, 그리고 어떤 상황과 만날 때,
매번 똑같은 저항과 반응으로
곁에 있는 또 다른 부정적인 반응과 저항을
끌어당기시지 않기 바랍니다.

모든 대상은 끄는 힘이 있습니다.

사물이건 사람이건 대상은 마음을 끌어당기죠.

싫은 대상에게 끌려가는 것은

좋아하는 대상에게 끌리는 힘과 다르지 않습니다.

끌리는 힘을 주의 깊게 통찰하다 보면 무관심도 사실은

무엇인가에 끌리고 있는 중이라는 사실을 알게 됩니다.

강한 힘은 아니지만 잠시 정류장에서

대기하고 있는 상태라고나 할까요?

그러다가 상황과 조건이 맞아떨어지면

무관심은 싫거나 좋은 쪽으로 끌려가게 되지요.

우린 상대에 대해 이미 잘 알고 있다는 태도를 취하며
당신이 무슨 말을 할지 말 안 해도 뻔하다는 생각으로
상대를 보고 상대의 말을 듣기 때문에
인간관계가 왜곡되고 원치 않는 관계가 이어집니다.

이것은 모두 과거라는 영상을
계속 재생하여 상영하는 옛날 영화처럼
지금 이 순간의 현실을 보는 것이 아니라
과거를 보고 있는 것입니다.

인간관계에서 갈등이 일어나면 깊이 듣기를 해보세요.
깊이 듣기는 생각하는 일을 멈출 때 가능합니다.
상대의 말을 듣는 동안 마음은 그것을 비판하고
대꾸할 말을 준비하느라 제대로 듣지를 않기 때문이지요.

남의 말을 주의 깊게 듣지 않는 사람의 눈은 힘이 없고
생기가 없습니다. 어디를 응시하는지 초점도 흐릿하고
말도 애매모호하게 하며 상대방과 대화가 서로 연결이 안 되는
경우도 있습니다. 마음이 지금 이 자리에 있지 않고
과거와 미래로 가 있기 때문입니다.

◦

시각장애를 가진 분들을 위해
점자로 곡명을 소개한 음반이 있더군요.
그 마음이 감사해서 음반에 적힌 글을 꼼꼼히 읽어봤습니다.

"인간이 두 발로 걷는 것은
서로의 외로움을 지탱하기 위해서입니다.
한 발은 외롭습니다."

지금 우리가 두 발로 걸을 수 있다면
그것도 감사한 일이고,
한쪽 다리로 설 수 있다면
그것 역시 감사할 일이며,
양쪽 다리로 다 설 수 없다면
어머니인 대지에 의지하며
앉거나 누워 있을 수 있음에 감사해보는 것입니다.
그러면 세상 만물이
우리를 돕고 부축해줄 것입니다.

○

우리는 스스로 불안정하거나 불만이 쌓일수록
남들을 끌어내리려 하고
그래서 자신이 더 우월하다고 느끼고 싶어 합니다.
그러나 그러면 그럴수록 그는 우월해지기는커녕
점점 더 열등해질 뿐입니다.
그 사실을 알면서도 남을 끌어내려야 직성이 풀리는 사람은
스스로 무덤을 파는 어리석은 사람이지요.

○

우리가 개인적인 욕망을 채우려 할수록
이기적인 자아는 점점 몸집이 커집니다.
자아가 지나치게 커지면
그만큼 부딪치고 상처 입을 일도 많아지죠.

◦

상처는 받으면 모래에 기록하고,

은혜는 받으면 대리석에 새기라는

벤저민 프랭클린의 말은 경전의 말씀과 닮았습니다.

우린 반대로 살기 때문에 시간을 허비하는지도 모릅니다.

하루 세 번 밥을 먹듯 고마움이라는 약 챙겨 드세요.

◦

세상엔 때로 용서하기 어려운 일이 있습니다.

세상엔 때로 용서받기 힘든 일도 있지요.

그런 일과 만났을 땐 구태여 용서를 빌거나 받으려 하지 마세요.

용서하거나 용서받는 것도 강물이 흐르듯

자연스럽게 삶의 흐름에 맡기는 것이 현명합니다.

용서할 일은 자연스레 용서가 되고

용서를 빌어야 할 일 또한 자연스레 기회가 찾아올 것입니다.

다만 스스로를 향해 '미안합니다. 용서하세요.'

그 한마디만 해보세요.

◦

지위가 올라가면
사람들에게 지위만큼 대접받고 싶어 하죠.
그런데 지위가 올라간다고
인격이 함께 올라가는 것은 아닙니다.
지위보다는 인격이 좀 더 나아야
사람들이 따를 것입니다.
지위가 올라갈수록 포용력의 크기는
더 넓어져야 합니다.

◦

외부 도전에 대처할 능력은 이미 우리 모두가 갖고 있는 것이니
내면에 숨어 있는 파워풀한 자원을 끌어내기만 하면 됩니다.
관세음보살이나 옴마니반메훔 등의 만트라는
흔들거리는 마음의 중심을 잡아주는 수단입니다.

어처구니없는 일을 겪었을 때나 억울한 일을 당했을 때,

어떤 일에 부정적인 반응이 일어날 때는

나무토막처럼 가만히 있거나

마치 자신이 죽은 사람인 것처럼 생각하라고 했습니다.

저항적인 상대방과 마주해야 한다면

"난 나무토막이다" 혹은 "난 죽은 사람이다" 하며

감정을 다스려보세요.

○

하늘의 별을 보려면 깊은 밤 산꼭대기에 올라가
목을 최대한 젖힐수록 반짝이는 별빛을 볼 수 있고,
돋아나는 새순을 보려면 양지바른 곳에
몸을 낮게 엎드려 숨을 죽여야 합니다.
사람을 잘 보려면 적당한 거리에서
눈빛을 보는 것이 좋습니다.

눈빛이 맑은 사람은 마음도 맑다 할 수 있으니
그래서 눈은 마음의 창이라 했던 모양입니다.
눈뿐 아니라 사람의 얼굴에서
코 밑에 인중이 짧으면 성격이 급하여 참질 못하고,
인중이 길면 대기만성형으로 인내심이 있고 여유가 있다 합니다.
그러나 사실은 성격이 급하다 보니 인중이 점점 짧아지는 것이고,
인내하고 느긋하다 보니 인중이 길어지는 것이지요.

근심 걱정은 미래와 손을 잡고 있고,

슬픔이나 후회, 죄책감과 미련은 과거와 손을 잡고 있습니다.

인정받지 못하고 수용되지 않은 감정은

남을 탓하면서 반복적으로 제자리를 맴돌고,

고통은 기대나 환상과 손을 잡고 있다고 합니다.

여러분은 무엇과 손을 잡고 계시는지요?

주로 기쁨과 희망 같은 밝은 것들과 손잡고 계신다면 좋겠지만

그렇지 않다면 얼른 그 손을 놓으셔야 합니다.

몸이 아픈 것은 마음과 밀접한 관련이 있습니다.

척추에 생기는 질환은 많은 부분 자신의 의지와 관련이 있고,

목의 질환은 의사를 잘 표현할 수 없는 상황이나

자신의 꿈을 현실 속에서 펼칠 수 없다는 두려움 때문에

생기는 경우가 많다고 합니다.

만성적인 소화불량은

스트레스, 그러니까 자신이 삶에서 일으키는 여러 가지 감정들을

잘 소화시키지 못할 경우에 걸리기 쉽다고 합니다.

그렇게 많은 병들을 가지고 있으면서도 놀라운 일은,

사람들은 자신에게 관심을 갖기보다

타인이 자신을 어떻게 생각하는가 하는 데

더 관심을 갖는다고 합니다.

○

심장만 30년 동안 연구해왔다는 한 연구소에 따르면,
감사하고 사랑하면 우리의 심장은
부드럽게 응집되고 통일성을 가지게 되며
뇌와 몸 전체에 강한 영향력을 준다는군요.
오늘 하루는 심장이 좋아할 감사 수프와 사랑 커피 한 잔!
그 수프와 커피는 언제나 무상으로 제공되니
그 또한 감사할 일이네요.

○

장현갑 교수님의 마음과 뇌 강의를 들었는데, 세로토닌이 부족하
면 자꾸 짜증을 내고 감정이 폭발하지만, 충분하면 행복감이 일
어난다는군요. 세로토닌이 부족할 땐 우유나 두유 단백질을 섭취
하면 좋다고 합니다.

○

기적처럼 보이는 일도 아주 자연스런 인과법칙에 의해 발생합니다.

그 일이 신기하고 특별하게 보이는 까닭은

그것의 인과성을 모르기 때문이지요.

그 법칙을 알면 세상에 기적이란 없다는 것을 알게 됩니다.

○

생전에 일타 스님께서 복이 되는 걸음걸이와 복이 나가는 걸음걸이에 대해 말씀하신 적이 있습니다.

불안정하고 바삐 걷는 총총걸음과, 뱀이 기어가듯 비뚤거리는 걸음, 발을 질질 끄는 걸음은 나쁜 걸음입니다.

복이 나가는 걸음걸이는 위를 쳐다보며 걷는 걸음, 머리를 푹 숙이고 걷는 걸음, 중앙을 피하여 가장자리로 걷는 걸음, 뒤를 힐끔힐끔 쳐다보며 걷는 걸음입니다.

복이 나갈지 아닐지는 알 수 없다 해도 그런 걸음을 걸으면 몸의 자세도 나빠지고 건강에도 좋지 못한 영향을 주는 것은 확실할 것 같습니다.

놀 때도 온전히 놀면 수행이 됩니다.

놀면서 '이러면 안 되지…' 하니까 망념이 생기는 것이지요.

세상에 해서는 안 될 것이 있다면, 그것은

나와 남을 해치는 것뿐입니다.

그것 말고는 뭐든 가능한 것이지요.

그 상황과 하나가 되세요. 올인!

올인이라는 격려 속엔 법대로 살아가라는 뜻이 숨어 있습니다.

순리대로 살아가라는 말이지요.

항상 의식이 깨어 있어서 마음에 등불이 꺼지지 않으면

어떤 도둑도 침입할 수 없을 것입니다.

욕망, 갈등, 소외, 불행 등은 모두

내 해석과 판단에 의해 창조되는 세계입니다.

충동적 행동을 멈추고 깨어 있기!

마음이 심각 모드에 빠진 사람은 과거나 미래를 여행 중입니다.
마음이 현재에 있지 못하면 행복할 수 없습니다.
과거는 집착하고, 미래는 근심합니다.
과거의 일을 놓지 못하고, 오지도 않은 미래의 일을 앞당겨
근심에 빠져 있는데 어찌 행복할 수 있겠습니까.

행복이란, 지금 이 순간에 온전히 머물고 있을 때 찾아옵니다.
많이 웃으며 사세요.
웃음은 우리를 현재에 깨어 있도록 합니다.

3

다 정 하 게

화 합 합 니 다

타인과 내가

분리된 남남이 아니라

똑같은 아픔과 똑같은 기쁨을

나눌 수 있는 존재라는 사실을

아는 순간

우리의 자비심은 커집니다.

비 갠 뒤 기적에 대해 생각합니다

태양으로 뜨겁게 달구어진 대지나 쏟아지는 비를 다 받아들이고 있는 대지. 그런 대지 위를 걷고 있는 것을 혹시 기적이라고 생각해보신 적은 없으신가요?

비 갠 뒤 땅 위를 온몸을 밀며 기어가는 지렁이나 더디고 더딘 몸짓으로 기어가는 달팽이를 보며 아침이면 눈을 뜨고 저녁이면 돌아갈 한 평의 움막이 있는 반복되는 일상을 혹시 기적이라고 생각해보신 적은 없나요?

그렇게 쏟아지는 비를 어디서 피하고 나온 건지 포르르 날아다니는 조그만 공 같은 저 새들의 노랫소리 들을 수 있는 두 귀가 있다는 사실을 혹시 기적이라고 생각해보신 적은 없으신가요?

해 뜨면 봉오리 닫아 세상을 향해 열어놓던 창문까지 닫아버리고, 달 뜨면 또 봉오리 열어 닫았던 그 창문 활짝 열어놓는 노오란 저 달맞이꽃을 볼 수 있는 맑디맑은 두 눈이 있다는 사실을 혹시 기적이라고 생각해보신 적은 없으신지요?

알고 보면 우리는 매일매일
스스로 기적을 만들어내거나
풀과 꽃과 나무와 바람과 물소리가
우리에게 선사하는 기적 속에 살고 있답니다.

기적을 기적으로 알아차릴 수 있는 사람이야말로 일상의 권태와
집착과 욕망의 껍질을 훌훌 벗어던지고 마음속 깊은 곳에 찰랑거
리고 있는 영혼의 맑은 샘물을 길어 올리는 사람이지요.

사랑하면 들리는 말

가끔 풀이나 나무와 대화를 하고, 날아다니는 새나 동식물과도 언어의 교감을 나눌 수 있는 사람들이 있습니다. 언어는 인간만 사용하는 것이라고 생각하고 있지만 오염되지 않은 마음을 가진, 완전히 마음이 열려 있는 사람들은 동식물의 말을 알아듣고, 그들만의 언어가 있다는 걸 알고 있습니다.

아프리카 짐바브웨에 있는 한 국립공원에서는 동물의 개체수가 너무 많이 늘어나서 해마다 코끼리를 사살하거나 내다 판다고 합니다. 그런데 어느 해에 코끼리를 살육하기 시작하자 국립공원에서 떨어져 있는 곳에 있던 코끼리 떼가 어떻게 그 사실을 알고 모두 피신했다고 합니다. 코끼리를 사살하는 지역에서 되도록 멀리 피신해버린 그 코끼리들은 자기들만의 언어, 신호를 통해 위급상황을 전달했다는 것이지요.

사람들이 알아들을 수 없는 동식물들만의 언어.
만약 우리가 풀이나 나무, 꽃들의 말을 알아들을 수 있다면 그들은 우리에게 무엇이라고 이야기할까요?

산책을 하다 만난 나무, 꽃들, 바위들이 인간에게 말을 걸어온다
면 이런 이야기를 하진 않을까요?
"제발 좀 그만 먹어."
"제발 욕심 좀 그만 부려."
"제발 싸우지들 마."
"제발 짓밟지 좀 마."

풀 한 포기, 나무 한 그루, 꽃 한 송이에도
사랑의 마음을 전하고,
여러분의 이야기를 전해보세요.
진심으로 사랑하고 많이 사랑하면
사물도 우리에게 말을 걸어옵니다.

마음 나누기

저는 청소를 하면서 가끔 사물들과 마음을 나눕니다. 물건들이
꼭 있어야 할 자리에 있는지 살펴보고, 아무렇게나 나뒹구는 것
이 있으면 일으켜 세워 먼지도 털고 때도 닦아주며 미안하다고
사과를 합니다. 그러면 사물들도 행복하게 화합하지요.

지난달에는 암자에서 일을 해주시는 할머니가 제가 없는 사이 제
방을 청소하셨던 모양입니다. 그런데 청소를 하며 실수로 전화기
의 안테나를 부러뜨리고 말았지요.

할머니는 열심히 청소하시느라 미처 그 사실을 알지 못했고, 나중
에 제가 방에 돌아와서 보니 안테나는 반으로 뚝 잘려 있고, 부
러지면서 새로 바른 문창호지에 숭숭 구멍을 내놓았더군요.

저를 위해 마음을 내어준 할머니가 무안해하실까 봐 청소해주어
고맙다는 인사만 건네고 저는 혼자 방 안에 앉아 수리를 시작했
습니다.

먼저 창호지를 꽃 모양으로 잘라 덧바르고, 부러진 전화기 안테
나에는 살구색 나는 얇은 파스를 붙여주면서 할머니가 이제 눈
도 어둡고 손놀림이 자유롭지 못해서 그런 것이니 이해하라고 미

안하다고 사과를 했습니다. 그랬더니 지직거리며 잡음을 내던 전화기가 파스 한 장에 다 나았는지 통화할 때 생생하게 소리가 들리는 것입니다. 파스를 붙이고 있는 전화기는 지금까지도 별 문제 없이 제 역할을 잘하고 있습니다.

혹시 실수로 물건에 금이 가거나 다치면
미안하다고 말하고 돌봐주세요.
부러졌다고 버리고 낡았다고 내팽개치기 전에
물건의 마음이 되어 한 번만 더 돌봐주세요.
나와 인연된 그 물건을 진심으로 대하면
그들도 자신만의 언어로 내게 화답합니다.

너와 나는 둘이 아니다

불가의 불이不二는 말 그대로 풀이하면 둘이 아니라는 뜻이지요. 둘이 아니면 결국 하나라는 말인데, 하나라는 숫자는 나누기를 해도 나눠지지 않는 숫자입니다. 하나를 나눠봐야 절반씩밖에 나눌 수가 없으니 그것은 완전하지 못한 것이고 결국 하나가 완전한 숫자입니다.

남녀가 결혼을 해서 부부가 되어도 하나가 되었다고 표현하고, 흩어져 있는 사람들의 마음이 뭉치면 한마음이 되었다고 하지요. 그리고 모든 것의 출발도 하나로부터 시작해서 둘이 되고 셋이 되고 넷이 됩니다.

두 사람이 각각 따로따로 하던 일을 하나로 힘을 합쳐서 하면 그 힘은 둘이 각각 했을 때보다 훨씬 커지게 되며 그런 효과를 시너지 효과라고 하는 것은 누구나 다 아는 일입니다.

그런데 우리가 살고 있는 이 사바세계의 실상은 어떻습니까? 둘의 힘을 합해 하나로 만들기보다는 하나마저 둘로 쪼개고 나누어 분열시키고 싶어 하는 경우가 너무나 많지요.

너와 내가 둘이 아니며

즉 타인과 내가 분리된 남남이 아니라

똑같은 아픔과 똑같은 기쁨을

나눌 수 있는 존재라는 사실을

아는 순간 우리의 자비심은 커집니다.

생명의 파동

인간의 몸이 파동으로부터 비롯된다는 말은 알고 계시죠? 처음 듣는 분도 있으신가요? 인간의 몸이 파동이라니, 그게 무슨 소리지? 하시는 분도 물론 있겠죠. 그러나 모든 생명체가 사실은 하나의 파동이라는 사실은 이미 과학이 증명하고 있습니다.

60kg, 70kg짜리 뼈와 근육 덩어리인 줄 알았지만 그게 사실은 파동이었고, 그래서 공하다는 말도 나온 것 아닐까요? 결국 우리가 육체라고 부르고 있는 이 몸은 하나의 떨림, 하나의 진동에 불과하다는 말인데, 그런 사실을 알고 보면 마술 같은 이야기지만 변신술이나 둔갑술 같은 도가에서나 할 법한 이야기도 진실이 될 수 있죠.

마치 우리가 듣지 못하는 소리를 개가 들을 수 있고, 우리가 볼 수 없는 것을 고양이는 볼 수 있듯이 우리 눈에 보이지 않는 세계나 생명들이 우주에는 무수히 많다는 것입니다.

모든 생명은 파동, 즉 떨림이니만큼 떨리고 있는 그 진동의 비율, 진동수를 바꿀 수만 있다면 변신술이나 둔갑술도 논리적으론 가능하다고 합니다.

투명 망토를 개발하고 있다는 기사를 신문에서 본 적이 있는데, 파동으로 시작된 인간의 몸을 진동비율로 바꿔 보이지 않게도 만들 수 있다는 것이지요. 황당한 이야기로 들리시나요?

그러나 우리가 영혼이라 부르는 어떤 것이 사람 눈엔 보이지 않는 것처럼 우리는 눈으로 지각할 수 있는 범위 내의 진동비율을 가진 생명체밖에 볼 수가 없습니다. 우리와 다른 진동비율로 살고 있는 생명체를 알아보지 못하고 살아가는 것이지요.

우주엔 인간 외에도 수많은 생명체들이 살고 있고, 마치 개가 들을 수 있는 소리를 인간의 귀로는 감지할 수 없듯이 우린 그저 눈에 보이는 것만 사실이라고 믿으며 살고 있습니다.

마음의 벽

누군가와 이야기할 때 목소리 톤이 점점 올라가면서 소리가 높아지고 있다면, 마음에 벽을 건축 중인 것입니다.

목소리가 높아지고 있다면 즉시 하던 말을 멈추고 스스로를 살펴보세요. 높아진 목소리는 높아지는 벽만큼 상대와의 소통을 어렵게 합니다. 높아진 벽이 모든 것을 가로막듯이 높아지는 목소리 또한 그 사람과 나와의 소통을 가로막습니다. 소리를 낮추어 침묵하는 동안 벽은 낮아지고 마음은 조금씩 고요해집니다.

즉시 하던 말을 멈추고 고요함 속에 머물게 되면 마음에 건축 중이던 벽은 무너지게 됩니다. 마음의 벽은 63빌딩만큼이나 높아서 한번 쌓아 올리고 나면 허물기가 쉽지 않습니다.

자신의 목소리 톤이 높아지고 있다면 얼른 마음의 벽을 쌓고 있다고 깨닫고 물러서십시오. 물러섬은 그냥 고요함 속으로 자신을 놓아두면 되는 것입니다. 가만히 상대를 받아들이며 높았던 내 목소리의 흔적을 지울 수 있다면 더 좋고요.

서로 다른 꼬리

제가 사는 곳은 산동네입니다. 인왕산 자락에 있지요. 이곳은 산
자락이라서 그런지 주인 없는 고양이들이 많이 살고 있습니다.
그들도 서로 영역이 정해져 있는지 어떨 땐 무섭게 싸우며 서로
를 할퀴고 물어뜯곤 하더군요. 인간 사회와 마찬가지로 짐승들도
그렇게 치열한 생존 경쟁을 통해 자기의 영역을 확보하려 하나
봅니다.

그런데 가만히 지켜보면 고양이들이 싸울 때는 꼬리를 바짝 세워
놓고 있더군요. 개들은 반가운 사람을 만나거나 좋은 상황에서
꼬리를 세워서 흔드는데 고양이는 반대였습니다. 경계하거나 싸울
때 꼬리를 치켜드니 말입니다.

개와 고양이가 같이 꼬리를 세우지만 그렇게 꼬리를 세우게 되는
상황은 서로 반대되는 상황이니 이 두 종류의 짐승이 서로를 향
해 꼬리를 세우고 있다면 서로 간엔 전혀 반대되는 마음을 가지
고 있는 셈이지요.

한쪽은 싸우겠다고 경계하는 뜻에서 꼬리를 세우고, 다른 한쪽
은 반갑다고 꼬리를 세우며 흔드는 것이니 오해도 이런 오해가 어

디 있겠습니까. 그런데 가만히 보면 우리가 사는 인간 사회에서도 이런 일은 자주 일어나고 있습니다. 한쪽에선 호감을 가지고 있는데 다른 한쪽에선 호감은커녕 적대감을 감추고 있는 경우가 종종 있지요.

꼬리를 세우고 경계하는 고양이에게 가깝게 다가가며 호감을 나타낼 때 그 결과가 어떻겠습니까? 상대를 오해한 고양이는 그대로 발톱을 세우며 할퀴려 들겠지요.
인간 세상도 마찬가지라서 아무리 내가 호감을 가지고 접근해도 그 호감을 받아들이지 않는 사람이 있습니다. 반대로 그 사람이 아무리 호감을 가지고 내게 다가온다 해도 선뜻 그 사람의 호감을 받아들이고 싶지 않은 상대도 있는 법이지요.

세상은 그렇게 서로 간의 시각이 다름으로 해서 많은 오해가 빚어지고, 그 오해가 갈등과 분쟁의 원인이 되기도 합니다. 내게 꼬리를 세우고 있는 상대가 고양이인지 아니면 개인지, 고양이의 자세를 취하고 있는 건지 개의 자세를 취하고 있는 건지 찬찬히 살펴보며 상대의 심기를 정확하게 파악하고 그 사람의 처지를 이해하는 것도 좋은 공부입니다.

미소를

나누는 시간

오늘 마주치는 대상이 당신을 이롭게 하면

그에게 축복을,

만약 당신을 괴롭힌다면

그에게 더 큰 축복으로 보답해보세요.

행복해지고 싶다면서 불행으로 달려가는 그의 몸짓에 맞서지 말고

그냥 그에게 무한한 축복을 보내며 닫힌 마음을 열어보세요.

사람을 증오하는 마음은 얼음 같지만

축복하는 마음은 가슴을 따뜻하게 합니다.

아침에 일어나면 잔디에 물을 주거나,
작은 화분에 담긴 꽃에게 물을 주는 것으로
하루를 열어보세요.
작은 생명에게 사랑의 물을 주며 시작하는 하루는
온종일 우리에게 복이 마라톤처럼 이어지게 하는 에너지가 됩니다.

아침에 눈을 떴을 때 키우는 강아지나 고양이가 있다면
그 생명에게 가장 먼저 눈을 맞추고 잘 잤냐고 인사를 하며
"내가 눈을 떴을 때 네가 곁에 있어 기분 좋아"라고 말해보세요.

사랑받은 생명은
더 큰 사랑으로 보답합니다.

관계가 좋을 땐

고마움을 표현하는 것이 어렵지 않지만

관계가 나쁠 때는

고마운 것을 떠올리기가 매우 어렵지요.

그래도 감사하는 순간의 그 따뜻한 기분을 아실 겁니다.

얼마나 마음이 편하고 기쁜지!

이런 기분에 익숙해지도록 훈련하는 데

시간을 투자해보세요.

우리는 사람을 통해서만 사람을 배우고 깨달을 수 있습니다.
두렵더라도 사람에게 부딪치면서 파도타기를 해보세요.
그러다 보면 다름 아닌 자신이 파도이면서
바다라는 것도 알게 될 거예요.

타인에게 의존하거나
타인을 이용하려 하지 않는 것이 사랑입니다.
상대를 수단으로 이용하려 할 때 미움과 다툼이 일어나지요.
서로를 돌보고 위로해주고 작은 것도 나누는 마음이
사랑의 행위입니다.

적극적인 사람은 인생의 즐거움을 얻을 수 있습니다.

인생의 즐거움이란 저절로 얻어지는 것이 아니라

스스로 찾아가며 의미 없는 일에 의미를 부여하는 일이기

때문입니다.

그것은 사물에 이름을 붙이는 일과 비슷합니다.

이름을 붙이는 순간 사물은 제자리를 찾습니다.

아무런 의미도 없는 남녀가 사랑을 하는 그 순간,

세상에 둘도 없는 소중한 존재로 변하는 것도 그 때문입니다.

인생의 즐거움 또한 마찬가지라

소중하지 않은 어떤 것,

의미 없는 어떤 것에 이름을 붙이는 일입니다.

고향의 말은 머리나 가슴의 기억에서
지워지지 않는다지요.
우리가 어린 날에 받았던 상처는 세월이 흘러 용서한다 해도
기억에서는 지워지지 않습니다.
그렇듯, 어린 날 받았던 사랑도 세월이 흘러 늙음을 향해도
지워지지 않습니다.
사랑의 에너지로 사는 하루 보내십시오.

개미는 자신의 몸무게보다 훨씬 무거운 것들을
운반하고 다닙니다.

사람들 역시 몸무게보다
더 큰 것을 운반해야 할 때가 있습니다.
특히 어머니는 몸무게보다 훨씬 더 무거운
가족의 근심, 걱정을 짊어지고 삽니다.

◦

절에 올 때마다 손녀딸을 데리고 오시던 할머니가

갑자기 돌아가셨다는 전갈을 받고 영안실로 달려갔습니다.

저를 기다리고 있었다는 듯 가족들이 일제히 복도로 뛰어나오며

맞이하더군요. 어려운 일을 당했을 때는 그렇게 찾아가는

것만으로도 사람들에게 힘이 되나 봅니다.

슬픔에 빠져 있던 어린 손녀는

기도를 마치고 돌아서는 제 가슴에 기대며

"우리 할머니 행복하고 편안하게 해주셔서 고맙습니다" 하며

눈물을 흘렸습니다. 흐느끼는 아이를 안고 나도 울었습니다.

천도라는 것이 어려운 염불 안 해도

그렇게 곁에 있어주기만 해도 되는 것이라는 사실을

크게 깨달았던 날입니다.

○

누군가에게 지지받는다는 느낌은 스트레스를 해소해줍니다.

1만 명의 심장질환 남성들을 조사한 결과

아내가 자신을 지지해준다고 느끼는 사람은 50%나

협심증에서 해방되었다는군요.

아내 역시 마찬가지일 것입니다.

가장 강력한 지지자가 내 배우자라면

세상에 두려울 게 뭐 있겠습니까.

○

베푸는 것에 인색하지 마세요.

사랑을 받는 것은 좋아하면서 사랑을 주는 것엔 인색하다면

마음의 공간은 점점 더 좁아집니다.

마음은 퍼내어도 퍼내어도 마르지 않는 샘과 같습니다.

마음속에 넣어둔 건 도둑맞지도 않으며 마르지도 않습니다.

마음속에 있는 사랑이 어찌 가뭄이 들었다고 마를 수 있겠습니까.

쓰면 쓸수록 마음은 커지고 나누면 나눌수록 사랑도 커집니다.

베푸는 것에 인색하지 말고 사랑을 아끼지 마세요.

선물을 받으면 좋아하기보다 오히려 부담스러워하거나
빚을 졌다고 생각하는 사람들이 있습니다.
선물을 빚으로 생각한다니 참 우습죠?
물론 그럴 때도 있겠지요.

그러나 누군가의 호의를 고맙게 선뜻 받아들이는 것도
배워야 합니다.
선물을 받고 기뻐하는 마음은
선물을 준 상대에겐 하나의 선물과 같습니다.
진정한 받음은 진정한 베풂과 다르지 않습니다.

◦

내가 지금 베푼 친절이나 은혜가
10년이나 그 이후에 나타날 수도 있습니다.

◦

퇴근길 빨간 신호등 앞에서
잠시 차를 멈추고 있을 때
좌우를 한번 둘러보세요.
길 위의 사람들 모두가 저마다 행복을 찾는
연약하고 깨지기 쉬운 작은 생명체임을
알게 될지도 모릅니다.

우리는 자신에 대한 편견 때문에
세상과 분리된 채 힘들어합니다.

자신을 얼마나 사랑하고 있나요?
자신을 있는 그대로 믿어줄 수 있나요?
타인을 미워하는 사람들은
자신도 진정으로 사랑하지 않고 있답니다.

자신을 사랑하는 사람이 타인을 미워할 수는 없지요.
알고 보면 타인은 다 나와 연결되어 있는 존재이니까요.
어딘가로부터 분리되어 있다는 생각은
우리를 소외시키며 힘들게 하지만,
강한 결속감을 가진 사람은 행복해합니다.
강한 결속감이 바로 사랑의 힘이지요.

붓다는 이런 말씀을 하셨습니다.

"분한 마음을 일으키면 원한을 맺게 된다.
분노심이 일어나면 남의 의견을 경청할 수 없게 되고,
자기주장만을 내세우기 때문에 싸움을 일으킨다.
싸움은 이익도 없고 즐거운 일도 아니다."

○

어떤 대상이건 상대와 충돌이 생기는 부분은
아직 내가 그것에 대한 경험을 끝내지 않았기 때문입니다.
충돌이 있는 그 대상을
있는 그대로 받아들이지 못했다는 말이지요.

있는 그대로 받아들인다는 말은
아무런 분별심 없이 대상을 그대로 바라보는 일입니다.
그렇게 바라보는 일엔 연민과 사랑이 깃들게 되지요.

도저히 이해할 수 없고,
백번 양보해도 납득할 수 없는 일이나 인간관계는
우리가 그것을 새로운 관점에서 온전히 수용할 수 있을 때까지,
즉 충분히 경험하여 그것에 대한 수업을 마칠 때까지
계속해서 나타납니다.

편안한 자세로 잠시 눈을 감고 몸과 마음의 긴장이 풀리면
상대를 떠올리며 속삭이세요.
'나는 당신에게 아무 적대감 없습니다.
당신 또한 내게 아무 적대감 없기를 바랍니다.
당신이 건강하고 행복하길 바랍니다.'
이렇게 3회 반복해서 속삭여보세요.

가능하면 친절하게 말하고 행동하는 훈련을 하는 것은
매우 좋은 태도입니다.
그러면 내 마음이 안정되어 타인이 혹시 불친절하게 굴어도
우리 마음을 흔들 수 없고 쉽게 동요되지도 않습니다.

거친 것에 저항하지 않고 한발 물러서서 거친 느낌을
그냥 알아차리면 모든 것은 조금 부드러워집니다.
만나는 모든 사람들에게 복과 덕이 담긴 말 한마디,
따뜻한 눈길과 미소로 그들을 지지해주세요.

"지금은 이데올로기의 시대가 아니라
후원하고 지지하는 시대이며 지지감이 무너지면
외로움과 적개심으로 사람도 사회도 병들게 됩니다."

자신을 믿어주고 지지해주는 고마운 사람 이름을
노트에 적어보세요.
그리고 그 사람의 고마운 점
한 가지씩을 이름 옆에 써보세요.
화가 풀리고 편안해질 거예요.
부정적 감정이라는 정거장에 오래 머물지 말고
얼른 다음 여행지로 떠나세요.

우리가 잊지 말고 기억해야 할 것은 많습니다.

그중에서도 특히, 내가 알게 모르게 남들에게 준 고통과

다른 이가 알게 모르게 나에게 준 선행을 빠트려서는 안 된다고

달라이 라마는 가르치십니다.

이 말을 늘 기억하고 살 수만 있다면

인간관계에 대한 우리의 태도는 근본적으로 바뀌지 않을까요?

누군가 나를 힘들고 고통스럽게 할 때는

내가 다른 누군가에게 준 고통을 떠올려 참회하고

누군가에게 섭섭한 마음이 들어 편치 않을 때는

다른 이가 내게 베푼 선행을 떠올리며

마음을 다스릴 수 있다면

우리 삶은 예전과 달라질 것입니다.

뭐든지 먼저 사과하면 적을 만들 일이 없지요.
잘못했는지 알면서도 자존심이라는 것 때문에
절대 사과하지 않는 사람들도 있습니다.
세상을 사는 지혜로운 행동 중에
먼저 사과하는 것을 빼놓아선 안 됩니다.

혹시 오늘 사소한 일로 마음 상해서
마음의 벽을 가지고 계신 분 있으면,
먼저 사과해보세요.
응어리졌던 가슴이 풀리고 마음이 넓어지면서
행복감이 밀려옵니다.
먼저 사과하는 사람이 먼저 업을 소멸시킬 수 있습니다.

◦

"원수는 한갓 연약한 꽃잎 같은 것,
그들과 다투느라 자신의 인생을 헛되이 하지 말라!
가족, 친척, 친구는 우리 인생에
잠시 찾아온 손님."

티베트의 성자 밀라레빠의 말씀입니다.
내 인생을 힘들게 하는 대상을 과연 손님으로 여길 수 있을까요?
그들을 손님으로 대접할 순 없다 하더라도
마음으로 그렇게 해보는 연습을 하면
턱없는 기대와 서운함을 줄일 수 있지요.

◦

사랑한다는 것은 그에게 찾아온 기쁨이나 고통을
나도 꼭 같이 느끼는 것입니다.
잠 못 이루는 그대를
밤하늘이 까만 가슴으로 내려다보며 속을 태웁니다.
얼마나 아프냐며 얼마나 힘드냐며 머리를 짚어봅니다.
걱정 어린 어머니 손길로.

인연은 억지로 만들어지는 것이 아니라 저절로 옵니다.
헤어짐 또한 억지로 만들어지는 것이 아니라 저절로 헤어집니다.
인연이 다했기 때문입니다.
바람이 불면 촛불은 꺼지지만
내 안에 있는 어떤 것은 바람이 불어도 꺼지지 않습니다.

좋은 인연은 내 안에 있는 빛과 같습니다.
바람이 불어도 꺼지지 않는 빛과 같은 인연,
여름밤 하늘을 수놓는 무공해의 반딧불이처럼
좋은 인연은 내 안에서 빛을 밝힙니다.

○

명의의 눈에는 길에 널린 모든 것이 약이고
보석을 볼 줄 아는 사람에겐 돌덩이도 보석이라고 합니다.
냉혹한 겨울 추위 속에서 꽃 피는 봄을 발견할 수 있는 사람 또한
약초를 찾아내는 명의의 눈을 가진 것과 다름없습니다.

나날의 일상 속에서 만나는 우연한 스침들을
소중한 인연으로 이어가는 것이 바로 삶의 기적이지요.
냉혹한 추위 속에서 꽃 피우기 위해 애쓰고 있을
땅속의 뿌리들을 생각하며
길에 널린 모든 것을 약으로 보는 명의의 눈을 배워
만났던 인연들 한 사람, 한 사람을 소중하게 되돌아봅니다.

○

사람을 잘 믿는 사람이 있고
의심부터 하는 사람이 있지요.
덮어놓고 믿었다가 배신을 당한 뒤 고통받는 사람이 있고
여간해선 믿지 않아 늘 긴장 속에 사는 사람도 있지요.
둘 다 자신을 믿지 못하기 때문에 그러는 것입니다.

모든 갈등과 문제는 '나'라는 한 생각에서 생겨납니다.
그래서 수행하는 사람들은
'내가 없으면 문제도 없다'고 했던 것입니다.
나와 너라는 상대적 개념 없이 존재하는 세상은 어떨까요?
모든 것이 다 나이거나,
모든 것이 다 너라면 어떨지 상상이 가나요?

미워하거나 증오하는 대상이 눈앞에 있으면
우리는 그를 피해 먼 길을 돌아갑니다.
미움과 증오는 나부터 먼저 피곤하게 만듭니다.
누군가를 증오하는 마음은
나부터 먼저 타들어가게 합니다.
증오하는 마음은 그 대상의 장점까지 단점으로 만들어버립니다.
미움의 불길이 활활 타오르면
당신의 장점까지 따라서 활활 타버리고 맙니다.

서로 바라보며 대화를 하면 뇌 활동이 원활해진다고 합니다.

집이 불길 속에서 타고 있는 것이 아니라면

서로가 큰 소리로 이야기하지 말라는 말이 있습니다.

상대가 자신과 의견이 같지 않을 때 목소리가 자꾸 높아지죠?

조금만 낮춰보시면 어떨까요?

언뜻 보기엔 사랑 같으나 가짜 사랑도 있습니다.

집착은 사랑을 흉내 냅니다.

집착은 상대에게 뭔가를 요구하고 통제하려 하지요.

집착이 사랑의 자리를 대신하면 나와 상대는 단절됩니다.

사랑과 질투는 원래 한 짝이라고 합니다.

사랑의 친구인 질투는 사랑이 없으면 서 있지 못하지요.

사랑은 끝날 수 있어도 질투는 살아남기 쉽습니다.

질투는 다른 사람 다 제쳐놓고

자기만 사랑받고 싶어 하는 감정으로,

사랑이 연보라색 노을이라면 질투는 진보라색을 띕니다.

질투는 사랑을 기다리며 소리 지르는 트럼펫 빛깔의

강렬한 아리아입니다.

○

누군가의 전화번호에서 당신이 지워지기도 하고,
누군가의 전화번호를 당신 수첩에서 지우기도 하면서
인연이란 게 속절없다며 슬퍼한 일이 있나요?

마음 아픈 일이지요.
한때는 그렇게 서로를 아끼며 애지중지했던 사람들 사이에서도
그런 일은 일어납니다.
한쪽의 배신이 그렇게 전화번호를 지우게 했다고 말하지만,
사람 사이의 일은 한쪽에서만 일어나는 것은 아닙니다.
독하게 마음먹고 잘라낸 사람, 전화번호 하나 지우면
영원히 못 볼 수도 있는 것이 현실입니다.
사람 사이는 가까울 땐 난로지만 멀어지면 냉동실입니다.

"어떤 이가 친구인지 아닌지를 알 수 있을까요?"
이렇게 묻는 이에게 부처님은 말씀하셨습니다.

"나를 만났을 때 미소 짓지 않고
내게 눈길조차 주지 않고
기쁘게 맞이하지 않으며
내가 하는 일마다 반대하고 나서며
나와 척진 사람과 친하려고 하면
친구가 아니다."

○

솔메이트Soul mate는
서로 소유하려 들지 않고,
이기려 들지 않고,
우월감이나 열등감 없이
서로를 이해할 수 있고,
서로의 자유를 방해하지 않는
마음의 친구라고 합니다.

와, 이런 친구를 만난다는 것은 큰 용기가 있는
사람에게나 가능할 것 같습니다.

○

자비란 타인을 향해 보내는 연민과 사랑의 마음이지만 그 타인
속에 나의 모습이 그대로 들어 있다는 사실을 알고 나면 자비심
은 결국 나를 성숙하게 하는 마음이며 둘로 나누어진 존재를 하
나로 모아 커다란 시너지 효과를 내게 하는 마음이라는 사실 또
한 깨닫게 됩니다.

"우정은 서로에게 쾌락과 이해타산보다는 정신적인 도움과 격려를 준다. 인간 대 인간의 순수한 결합이 우정이다"라는 말을 읽었습니다.

우정이 인격에 대해 시험하는 가장 일반적인 예가 아마 돈을 빌려달라고 하는 경우일 것입니다. 우정은 돈으로 살 수 없다고 흔히 말하지만 돈 때문에 깨지는 우정이 세상엔 부지기수로 많습니다.

멋진 우정은 새의 날개처럼 함께 펼칠 때 창공을 날 수 있는 것이지요. 친구에게 큰돈을 빌려달라고 하는 것은 함부로 우정을 시험하는 일이니 스스로 우정을 저버리는 것이나 마찬가지의 결과를 낳습니다.

부도덕한 행위와 공포심은

연민과 자비의 마음을 방해하는 요소가 된다고 합니다.

동정심도 진정한 연민의 마음과는 다릅니다.

동정심과 달리 연민하는 마음은

분리되어 있던 모든 세포를 연결시켜주고

면역력이 생기게 해준다는군요.

동정심이

밖으로 드러나는 겉모습에 대해 가엽게 생각하는 마음이라면

연민은

존재 그 자체에 대한 사랑의 마음이 바탕에 있는 것이지요.

마음을 다루는 수행법 중에
상대를 나로 바꾸어 생각하기가 있습니다.
이것은 상대가 나로, 내가 상대로 변한다는 것이 아니라
상대의 입장이 되어본다는 것입니다.

도저히 이해되지 않는 사람을 만났을 땐
그 사람도 나와 같이 인생을 배우는 중이라고 생각하면
조금 이해할 수 있게 됩니다.
더러는 수행자 중에도 인격적 결함이 있는 경우를 만납니다.
그런 사람을 만날 때는
상대의 결함조차 축복의 기도로 정화해주세요.

상대를 나로 바꾸어 생각하는 수행이 익숙해지면
남의 고통이라 여기던 것이 나의 고통으로 받아들여져
함께 고뇌하고 아파하게 됩니다.
이것은 작건 크건 인간관계의 갈등을 없애는 데 도움이 되지요.

4

유 연 함 이

강 함 입 니 다

아무런 편견 없이,

아무런 정보 없이

누군가를 만나보세요.

그 사람을 존재 그대로 만나보세요.

우리는 아직 누구와도 만나지 않았다

판단분별이 떨어지지 않은 상태에서는 진실로 우리는 누구도 만나지 않은 것입니다.

여러분이 자기 자신을 못났다고 생각하거나 바보 같다고 생각하거나, 비난하고 비판하고 있을 때는 수많은 편견과 생각들이 벽이 되어서 그 누구의 참된 자아와도 만날 수 없는 것이지요.

어쩌면 우리가 오랜 세월 윤회를 하는 이유도 그 때문인지 모릅니다. 편견과 분별심으로 만나는 한 우리는 아직 그 누구와도 만나지 않은 것입니다. 남편과도, 아내와도, 부모와 자식과도, 친척과 친구들과도, 그 누구와도 아직 만나지 못한 것 같습니다.

분별심이 떨어진 상태에서 세상을 보면 갑자기 세상의 모든 사람이 새롭게 보입니다. 내가 만들어낸 잘못된 판단이 마치 확실한 것인 양 고정시켜놓고 마음에서 한 사람을 이유 없이 증오하고 밀어낸다면 그것은 윤회의 원인이 됩니다.

내가 만나보지 않은 사람,
내가 잘 알지 못하는 사람에 대해

무수한 판단을 일삼고 있을 때
그것은 윤회의 원인이 됩니다.
아무런 편견 없이, 아무런 정보 없이
누군가를 만나보세요.
그 사람을 존재 그대로 만나보세요.

우리는 아직 누군가와도 진정으로 만나지 못했습니다. 당신이 가
장 가깝다고 여기는 그 사람에 대해 당신은 얼마나 알고 있나요?
당신이 가장 미워하는 그 사람 또한 당신은 얼마나 알고 있나요?

뜻대로 되지 않았을 때

원하는 결과가 나오지 않을 때,
그 결과가 기대에 미치지 않을 때 어떻게 하시는지요?
뭔가가 뜻대로 되지 않는 그 고통스러운 순간에
자기 자신을 비난하는가요?
아니면 인간이라는 존재의 모순, 인생의 모순과 역설을
있는 그대로 받아들이시는가요?

우리가 살고 있는 인생은 모순투성이입니다. 그러나 그 모순을 또
다른 시각으로 바라보면, 모순을 통해 인간은 성장하기도 합니다.
뭔가가 잘못되었다는 생각을 하지만 잘못되었다는 그 기준 또한
때로는 애매할 때가 많은 게 인생의 일입니다.
원하는 결과가 나오지 않을 때 우리가 취할 수 있는 가장 지혜로
운 방법은 다시 한 번 도전하는 것입니다. 그러나 그 도전 또한 실
패로 돌아갈 때는 그 실패를 받아들이는 것도 좋은 방법 중에 하
나입니다.

모순에 대한 커다란 긍정,
그런 긍정은 우리의 삶을
새로운 기회로 만들어줍니다.

바뀌는 내 목소리

옛날 멕시코시티 외곽에 있던 인디언 부족 출신인 돈 미겔 루이스의 글에 이런 말이 있습니다.

"우리 머릿속의 목소리는 우리 것이 아니다.
세상에 태어날 때 우리는 이 목소리를
가지고 태어나지 않았다.
우리가 언어를 배우면서 다양한 관점이 생겨났고
다양한 비판과 거짓을 배우기 시작했다.
지식에 의해 울려나오는 마음속의 소리는
우리가 지식을 쌓으면서부터 들려온 것이다."

저는 이 글을 읽고 참 감탄했습니다. "우리 머릿속의 목소리가 우리 것이 아니다"라는 말이 저를 감동하게 했습니다. 태어난 뒤 부모로부터, 또 사회로부터 주입된 신념이 없었을 때는 순수한 의식 그 자체였다는 이야기입니다.
어쩌면 우리가 하는 생각이란 것도 결국 우리가 배운 말과 글의

한계 안에 머물러 있는 것이 아닐까요? 책을 어떻게 읽었느냐에 따라, 또 어떤 사람을 만나 어떤 이야기를 들었느냐에 따라 우리의 관점은 얼마든지 바뀔 수 있습니다. 그러면서도 우리는 이렇게 형성된 고정된 관점을 옳은 생각이라고 집착하며 믿어 의심치 않습니다.

만약 자신이 말이나 책을 통해 얻었던 정보가 그릇된 것이라는 것을 깨닫게 될 때 지금까지 취했던 세상에 대한 관점은 어떻게 될까요? 내가 어떤 생각을 옳은 것이라고 굳게 믿었었는데 내가 믿을 만한 사람이 다른 식의 이야기를 들려주면 우리는 그때까지 가지고 있던 생각을 버립니다. 그러고는 믿을 만한 사람이 들려준 그 이야기를 사실로 믿게 되지요.

그러니 어찌 내 머릿속에서 오락가락하는 생각이 본래 내 것이다 말할 수 있겠습니까? 그것이 어찌 진실한 내 목소리라 말할 수 있겠습니까? 알고 보면 상대와 의견이 다르고 생각이 다르다며 싸우는 것은 어떤 관점에서 세상을 바라보느냐 하는 관점의 차이에서 오는 싸움일 뿐입니다.

세상에는 수많은 사람들이 살고 있고, 그 사람의 숫자만큼이나 다양한 생각, 다양한 관점이 있는 것 아니겠습니까? 나와 다른 생각을 가진 사람을 이해할 수 없다고 나무라기보다는 그와 나의 관점에는 차이가 있다는 사실을 인정하는 편이 누군가를 이해하고 받아들이는 데 가장 좋은 방법이겠지요.

사람의 생긴 모습이 다른 만큼 세상에는 수많은 다른 관점이 존재한다는 것은 어쩌면 너무나 당연한 것입니다.

세상의 기본

얼마 전에 단체로 명상을 체험하는 시간에 한 남자분이 이런 말을 하더군요.

"나는 기본만 하면 90%는 다 이룬 것이라고 생각합니다."

그러자 곁에 있던 다른 분이 "무엇을 기본이라고 하며, 어디서 어디까지를 기본이라고 할 수 있나요?" 하면서 되묻더군요.

내가 생각하는 기본과 상대가 생각하는 기본이 각각 다르니 기본이 도대체 무엇인가를 자문해보면 참으로 막연합니다.

"저 사람, 기본이 되어 있는 사람이야" 또는 "저 사람, 기본이 안 되어 있어" 이렇게 우리가 자주 쓰고 있는 말인데도, 막상 기본 앞에 서면 기본이 안 보입니다.

내 입장에서 바라보는 기본이 다른 사람의 입장에서는 전혀 기본으로 안 보일 수도 있고, 우리 회사에서의 기본이 다른 회사에서는 기본이 아닐 수도 있고, 우리 집안에서의 기본이 다른 집안에서는 기본이 아닐 수도 있습니다.

제가 아는 어떤 분은 며느리가 직장을 다니고 있지만 저녁에 퇴

근해서 시부모님의 저녁을 차려주는 것이 기본이라고 생각하시더 군요. 그러니 며느리가 바쁘다고 시부모님의 저녁상을 챙기지 못 하면 기본도 안 된 며느리가 들어왔다며 불만을 내비치십니다. 또 다른 분은 자신의 아들과 아이 낳고 직장까지 다니는 며느리에게 한 끼라도 맛있는 식사를 차려주는 것이 시어머니의 기본이라 여 깁니다.

그런 시어머니가 하루는 해외에 사는 딸 집에 놀러 갔는데 며느 리가 전화를 해서, "어머니, 빨리 오세요. 어머니가 안 계시니 우 리 내외 모두 끼니도 못 챙겨 먹고 있어요" 하고 응석을 부렸다는 군요. 그래서 부랴부랴 귀국을 했다고 말씀하시는데, 참으로 신기 하게 느껴졌습니다. 아마도 그 시어머니는 며느리가 자신의 일을 열심히 하고, 아들과 오순도순 건강하게 살아주는 것이 며느리의 기본이라고 여기실 것입니다. 그런 며느리를 돕기 위해 밥상을 차 려주시면서 말입니다.

이렇게 사람마다 생각하는 기본은 모두 다른데, 우리는 자신의 틀을 타인에게 맞추어놓고, 기본에 맞다 맞지 않는다고 판단하며 삽니다. 누구나 기본이란 말을 할 때엔 그것이 모든 이에게 예외 없이 적용되는 기본적인 도리라고 생각하며 말하지만 사실 그것은 자신이 만든 틀일 뿐입니다.

각자의 생년월일이 다르듯 그들과 내가 다른 것을 알게 되면 내 기준을 다른 사람에게 적용시키지 못해 화내거나 갈등을 빚지 않고 조화를 이루려 하겠지요.

기본이란,

각자가 생각하는 기본이 다 다르다는 사실을

있는 그대로 인정하는 것이

기본 아닐까요?

흐름을 음미하세요

오늘 점심엔 김치찌개를 먹으려 해요. 제때 불을 낮추고 거품을 걷어내지 않으면 끓어 넘치는 찌개처럼, 분노나 저주의 감정도 끓어 넘치기 쉽습니다.

냄비 위로 넘치는 거품을 걷어내듯 감정에 생기는 거품 또한 걷어내야 합니다. 모든 거품은 다 허망합니다. 거두어들이기 어려운 감정을 향해 결사적으로 달려가진 마세요.

분노의 심술 보따리는
다른 사람만 불에 데게 하는 게 아니라
자신도 화상을 입고 가슴에는 흉터가 남습니다.

노여움이 복받쳐 오를 때
폭발하는 불꽃놀이에만 열중하지 말고
따뜻한 온천물에 몸을 담그듯 편하게 받아들여 보세요.

태풍이 오기 전 바람이 무섭게 불듯이

화가 일어나기 전 몸을 살펴보면
거친 호흡이 내면에서 일어나 순식간에 자신을 쓰러뜨립니다.

화는 자신의 방식대로
세상이 움직여지기를 바라는 마음에서 옵니다.
오늘은 내 방식이 아닌
세상의 물결 따라 흐름을 음미해보세요.

감사하는 마음 연습

누가 내 험담을 했다고요? 누가 내게 손해를 끼쳤다고요? 좋습니다. 그럴 때가 기회지요. 감사하는 마음을 연습할 수 있는 좋은 기회입니다. 감사의 에너지 찾기!
저항감이 올라오게 하는 대상으로부터 그간 그 사람이 내게 했던 사소한 선행이라도 고마운 일 세 가지만 떠올려서 나를 섭섭하게 했던 그 사람에게 고맙다는 문자를 보내보세요.

감사와 사랑이 일어나게 하는 기법으로 '프리즈 프레임'이라는 게 있다더군요. 빠르게 돌아가는 우리 삶을 영화와 같은 프레임들의 연속으로 보고 잠시 이 프레임을 얼음처럼 고정하여, 마주하는 대상을 감사와 사랑의 마음으로 느끼고 바라보는 것이 바로 그것입니다. 만나는 사람 누구에게나, 마주치는 일 어떤 것에나 그렇게 프레임을 적용할 수 있다면 인생은 크게 달라질 것입니다.
사소한 것이라도 자신에게서 고마운 것 하나 발견하기. 갈등을 일으키는 대상에게서 좋은 점 고마운 것 딱 한 가지라도 기억해내기. 깜깜한 어둠 속에서는 한 줄기 빛만으로도 환해집니다.

다리 같은 사람

제가 있는 곳 뒷산에는 얼기설기 만든 나무다리가 하나 있습니다. 저는 하루에도 몇 차례 그 나무다리를 오르내립니다. 걷기 명상을 하며 흙과 나무에게 염불을 들려주면서 몇 바퀴를 돌다 보면 마음이 차분해지지요.

이쪽 언덕과 저쪽 언덕을 이어주는 다리를 건널 때마다 세상의 다리 같은 사람이 되었으면 좋겠다고 생각합니다.

진리를 구하는 사람들에겐 세속과 진리를 이어주는 다리가 되어도 좋고, 인간관계에서 고통받는 사람들이 있다면 서로 연결되지 않는 마음을 이어주는 다리였으면 좋겠다 싶습니다.

만약 우리가 단 하루만이라도 누군가에게
다리가 되어 살겠다고 마음먹으면
'내 것이다, 네 것이다' 하는 욕심을 내려놓고
좀 더 넓고 큰 눈으로 세상을 볼 수 있지 않을까요?

있는 그대로를

인정하는 시간

그렇게 믿음직스럽고 커 보이던 사람이
어느 날 작고 초라해 보일 때가 있습니다.
사실 그것은 내 마음의 반영입니다.
초등학교 운동장, 옛집, 한때 좋아했던 그 사람이
달라졌다기보다
내 관점이 달라진 것입니다.

사람이 나이를 먹는다고 반드시 성숙하는 것은 아닙니다.
우린 때로 몸만 커버린 어린아이 같은 사람을
상대해야 할 때가 있지요.
그런데 정작 우리 자신이
그렇게 미성숙한 어린아이일 때도 많습니다.
누군가를 이해하는 마음은,
그렇듯 몸만 커버린 어른아이가 다른 사람 아닌
자기 자신일 수도 있다는 자각으로부터 생겨납니다.

"때로는 벌거벗고, 때로는 미쳐 있고,
어떤 때는 학자 같고 어떤 때는 바보 같다.
그리하여 그들은 세상에 나타난 자유인이다."

때로는 바보 같고 때로는 학자 같은 그들은 누구일까요?
인류의 역사에 출현했던 수많은 성자들이 바로 그들입니다.
물질적인 잣대로 모든 걸 재는 세속적인 사람들 눈엔
바보로 비칠 수 있는 그들.
지금 우리 곁에 혹시 그런 사람은 없는지 한번 살펴보세요.

바보로 봤던 사람이 바보가 아니라
성자라는 사실을 깨닫게 되는 순간
여러분 또한 성자의 길을 따라 걸어가게 될 것입니다.

○

경전에, 코끼리가 화살을 무시해버리듯
사람들의 불손과 무례를 어느 정도는
감당해야 할 준비를 해야 한다고 합니다.
사람들이 나빠서가 아니라
그 사람들도 우리와 똑같이
자기 마음을 통제할 수 없기 때문입니다.

○

감정을 안으로 꾹꾹 눌러둔 채
계속 누군가를 미워한다면 그것은 관계 개선에
아무 도움도 안 되고 해결도 안 되죠.
이런 때야말로 지금까지 내가 생각하고 살아왔던 방식을
완전히 바꾸어 다른 시각에서 보는 관점이 필요합니다.
문제를 바라보는 시각을 바꾸면 해결책도 보이지요.

○

인간관계의 중심은 누구를 만나느냐 하는 것보다
어떤 관점에서 그 사람을 바라보느냐에 놓여 있습니다.
행복한 사람은 다양한 관점을 두루 수용할 수 있는 사람입니다.

○

선한 행위와 악한 행위의 구분은 어떻게 해야 하는 건가?
만약 당신이 지금 그릇된 행위를 하더라도
타인을 더 큰 악으로부터 구해낼 수 있다면
당신은 그릇된 그 행위를 해야 옳은 것인가,
하지 않는 것이 옳은 것인가?

인도의 성자 라마나 마하리쉬는 위의 질문에 대해 "무엇이 옳고
그르다는 것을 가릴 수 있는 기준이란 없다. 각자의 기질에 따라
각자의 상황 처지에 따라 의견이 달라질 뿐이다. 또한 그것들은
결국 각자의 생각일 뿐이다"라고 답했습니다.

◉

또다시 상처받을까 봐,

슬픔이 찾아올까 봐,

실망하게 될까 봐,

가슴에서 일어나는 느낌을 냉동실에 꽁꽁 저장한 채

고통받는 사람들을 봅니다.

상처, 슬픔, 불안, 실망, 고통 들은

하나하나 눈부신 나비로 변화할 애벌레들입니다.

◉

고통은 하나하나 다 이유가 있습니다.

그러나 이유를 따질 건 없습니다.

고통이 다가오면 그냥 그 느낌에 저항하지 말고

담담히 그것을 받아들여 보세요.

파도를 타는 사람이 파도에 저항하지 않고 파도의 힘을 이용하듯

고통을 이용해 흐름 따라 흘러가 보세요.

고통엔 이유가 있지만 한편으론 의미도 있습니다.

고통의 시간을 통해 우리는 여기까지 성장해왔습니다.

성숙하지 못한 사람은 자신이 좋아하는 일만 하려 하고,

성숙한 사람은 자신이 하는 일을 좋아한다는 속담이 있지요.

좋고 싫음의 미로에 갇혀 있으면 판단하기가 어려우나

원치 않는 일도 담담히 수용하면 고민이 풀리지 않을까요?

우린 우리 자신을 개선할 필요가 없다고 합니다.

그저 우리의 가슴을 막고 있는 것에서

벗어나기만 하면 된다는 것이지요.

나와 생각이나 관점, 가치관이 완전히 다른 사람을 만났을 때

실망하거나 마음을 닫지 말고

오히려 새로운 세상을 만난 듯 음미해보세요.

나를 힘들게 하고 괴롭히는 사람은 어떤 방식으로건 용서하려고 노력하지만, 내가 힘들게 하고 내가 괴롭히는 사람을 이해하거나 용서하는 마음은 여간해서는 가지기 어렵다고 합니다.

악한 행동을 하는 사람을 만나면 우린 그를 악인이라고 낙인찍습니다. 하지만 세상에 영원한 악인은 없지요. 악한 행동은 무지에서 나오고 그 어리석음이 그릇된 행동을 부추깁니다.
어리석음은 깨우쳐야 하는 것이지 비난받을 일은 아닙니다.

살아가기도 고달픈데 마음 맞추어 살아가야 할 가족이
자기주장만 하는 고집을 부린다면
이것은 정말 답답하고 숨 막히는 일이지요.

"바보와 죽은 사람만이
결코 자기의 의견을 바꾸지 않는다"는 말이 있습니다.
현명하고 생각이 유연한 사람은 타인의 의견에 귀 기울이며
서로가 화합할 수 있는 방법을 선택할 수 있겠지요.

고집 때문에 가족이나 가까운 사람과 다툰 일은 없는지요?
아니면 상대방의 고집 때문에 상처 입은 일은 없는지요?
고집은 마음의 질병입니다.

지나친 고집은 일종의 질병이라고 합니다.

정말 고집은 큰 병이죠.

사람은 의지가 강해서라기보다

능력이 부족해서 고집을 피울 때가 많다고 합니다.

집착은 무엇을 소유하려는 데서 오고,

분노는 뭔가를 해치고 헤어지려는 마음에서 일어난다지요.

불가에서는 인연이 이미 끝났든 아직 진행 중이든

오직 자신의 행위만을 살피라고 합니다.

남을 잘 안 믿는 사람들이 뜻밖에도 자신은 무능력하고, 무기력하며, 용기 없고, 자신감도 없고, 별 볼 일 없는 사람이라는 등의 신념은 철석같이 믿으며 스스로를 바꾸려 하지 않습니다. 그렇게 변함없이 믿고 있는 그 생각이 진실인지 확인도 안 해보고 맹목적으로 따릅니다.

스스로 바꾸려 하지 않는 한
바뀔 것은 아무것도 없습니다.
그렇다면 어쩔 수 없이 자신이 믿는 그대로
별 볼 일 없이, 자신감 없이,
그렇게 인생을 경험하게 될 뿐입니다.

누군가에게 들었던 이야기입니다.

사람의 눈에는 영혼이 있는데 그 모양이 새처럼 생겼다고 합니다.

그런데 눈에 있는 이 영혼은 크게 놀라거나 충격을 받으면

열이 심하게 나게 되고, 그러면 그 열을 못 견뎌서

새가 날아가 버린다고 합니다.

새가 날아가 버리면 세상을 바로 볼 수 없다고 하는데,

왜곡된 눈으로 세상을 보는 사람들은

아마 새가 다 날아가 버려서 그런가 봅니다.

여러분의 눈동자엔 영혼의 새가 있나요?

아니면 가파른 세상을 살다 보니 너무 놀랄 일이 많아서

새가 달아났나요?

자유롭게 날아다니는 영혼의 새처럼

걸림 없이 살도록 하십시오.

○

지금 누군가를 미워하거나 비판하고 싶은 사람이 있다면
산꼭대기에 올라가 도시를 내려다보듯 그 사람을 바라보세요.
미워하고 있는 '나'도 미운 짓을 하는 '그'도 끊임없이 변합니다.

10년 전의 내가 이미 '내'가 아닌 것처럼
그 사람도 어제의 그 사람이 아니니
누군가를 용서한다는 건,
변화하는 세상의 이치를 아는 것입니다.

○

실수와 잘못을 했을 때 뉘우치는 사람은
잘못된 행동을 바로잡고 현실을 명확히 인식해서
앞으로 나아갑니다.

반면에 죄책감에만 시달리는 사람은
죄의식에 매달려 오랫동안 그것만 기억하며 신음하고
거기서 벗어날 생각을 하지 못합니다

○

가까운 사람이 당신에게 이해할 수 없다는 말을 하거든
그냥 웃어주십시오.
이해받고 싶어 하면 서운한 마음이 들고 다투게 됩니다.
가깝다고 해서 다 이해할 수도 없는 일입니다.
이해 안 되는 것은 그것대로 괜찮습니다.

○

괴로움이 가슴을 누를 때 당신은
그 괴로움의 압박에 숨쉬기조차 힘들어할 것입니다.
그러나 괴로움의 원인을 조금 다른 방향에서 바라본다면
그것은 당신을 성장하게 하는 비타민과 같습니다.

비타민이 부족하면
몸의 어느 부분이 결핍을 느끼듯이
고통 없이는 삶이 완성되지 않습니다.
고통이라는 비타민이 우리에게 주어질 때
거부하지 말고 그것을 섭취해보세요.

좋아하는 사람만 가까이하고 싶어 하고,
싫어하는 사람은 멀리하고 싶은 마음은
단단하게 고정된 생각의 감옥에서 일어나는 감정입니다.
그러나 진정 자유롭고자 하면
우린 싫고 좋은 그 마음의 감옥에서 벗어나야 하지 않을까요?
찬찬히 그 사람을 마음에 받아들여보세요.

내가 하늘을 흐리게 보려는 의도가 없으면 하늘이 흐릴 때조차
흐리다고 탓하지 않겠지요. 맑은 마음이란 탓하고 비난하려는 의
도를 멈출 때 찾아오는 고요한 마음입니다.

내가 알고 있는 지식, 내가 배운 지식이 행여 세상을 향한 공격의
비수가 된다면 그것은 내가 세상의 이치를 잘못 이해하고 있는
것이라 여겨서 그 지식을 다시 점검하고 지혜로 빛날 때까지 갈고
닦아야 합니다.

○

우리에게 고통을 일으키는 것은 생각이 아니라
생각에 대한 집착입니다.
생각에 집착하는 것은 그것이 사실인지 입증도 안 해보고
무조건 사실이라고 믿는 것입니다.
이것이 신념으로 굳어버리고 관계를 해칩니다.

○

평소 좋게 생각했던 이에 대해 우연히 좋지 않은 평판을 들으면
귀는 금방 그 평판에 솔깃해집니다.
우리의 믿음이란 그렇게 뿌리가 없습니다.
귀는 믿을 것이 못 되며 감정 또한 믿을 것이 못 됩니다.
칭찬하던 입으로 비난할 수도 있고,
비난하던 입으로 칭찬할 수도 있습니다.
그래서 칭찬과 비난은 양날의 칼이라고 했습니다.

혹시라도 남의 평가에 마음이 흔들리거나
남을 평가하느라 지쳐 있다면
나무 아래 놓인 한 자루 삽처럼
묵묵히 있어보세요.

가치관이 다른 상사와 일을 해야 하는 것은 끔찍한 일입니다. 그러나 겉으론 끔찍한 일이지만 내면에선 카르마, 업을 청산하는 굉장한 인연이라 할 수 있습니다.

우리는 싫어하는 사람과 즐겁게 일하는 법을 터득해야 합니다. 달라이 라마는 나의 적이 나의 스승이라고 하셨는데, 싫은 사람과 함께 일하고, 좋아하는 사람과는 떨어져 있어 보는 것도 인생에 큰 도움이 되고 마음의 자유를 얻는 데도 좋습니다.

당신과 견해가 다르고 바라보는 시각이 완전히 다른 사람을 만나는 것은 당신이 지금껏 감고 있던 한쪽 눈을 뜰 수 있는 절호의 기회입니다. 우리 내면엔 아직도 감겨진 눈이 무수히 많습니다. 천 개의 눈이 다 열리면 세상은 지금까지 보던 세상이 아니겠지요.

"두려움은 세상을 속박하지만
용서는 세상을 해방시킨다"고 합니다.
세상이 해방될 날은 언제쯤일까요?

두려움이 더 두려운 이유는
두려운 상황을 미리 당겨서 짐작하는 마음 때문입니다.
막상 일을 당하고 보면 그렇게 두려워했던 것들도
그럭저럭 견딜 만한 경우가 많습니다.
해방된 세상에 살기 위해 우린 두려움 속에 갇혀 있지 말고
두려움과 정면으로 맞서는 용기를 길러야 합니다.

○

자신의 삶에서 원하지 않는 일이 반복해서 일어나면
거기에는 뭔가 배울 것이 있습니다.
그렇게 일어나는 갈등은 우주가 우리에게 뭔가를 배우라고
보내는 신호입니다.
거기에는 깨달음의 보물이 숨겨져 있습니다.

예를 들어, 인간관계에서 늘 같은 방식으로 고통을 겪거나,
돈을 빌려주고 매번 돌려받지 못하는 등
반복적인 갈등이 일어날 때는
관계를 맺는 데 필요한 아이디와 비밀번호가 틀렸으니
다시 입력하라는 신호가 계속 오는 것입니다.

○

사실 고통은 괴롭고 힘든 그 무엇이 아닙니다.
고통을 거부하려는 저항이 고통스럽게 만드는 것입니다.
통증과 싸우고 과거 기억과 싸우면 고통의 힘은 막강해집니다.
싸움을 그치고 고통에게 손을 내밀면
세력이 약해지다가 소멸됩니다.

과거를 한탄하며 원래의 자리로 돌아가려 해도
갈 수 없어 슬퍼하는 사람들이 있습니다.
그러나 돌아보면 한탄하는 그 과거도 무의미한 것만은 아닙니다.
한탄 속에서도 배울 것이 있습니다.
그런 일은 겪지 않았으면, 하는 후회의 순간도
알고 보면 다 배움의 시간입니다.

과거에 어떤 길을 걸어왔든 간에 그 길은
내가 걸어야만 했던 길이며, 이미 나는 그 길을 지나왔습니다.
내 인생에서 삭제하고 싶은 어느 순간,
내 인생에서 없었던 일로 하고 싶은 그 순간이 사실은
빛나는 나를 있게 해준 보물 같은 시간입니다.

언젠가 노트에 이런 글을 적어놓았더군요.

"한 번도 실수한 적이 없는 사람은 없다.
실수를 인정하는 일은 어렵고 불편한 일이다.
모르고 한 실수는 부끄러운 일이 아니나
실수인 줄 알면서 교정하고 싶어 하지 않는 것은
부끄러운 일이다."

실수한 적 많으신가요?
돌이켜보면 부끄러웠던 실수, 그러나 그 부끄러움은 실수를 인정
했을 때는 기억에 남아 있지 않습니다. 남아 있는 부끄러움은 그
때 그 실수를 인정하고 싶어 하지 않던 마음의 찌꺼기입니다.

◦

비폭력이란 말이 무저항이란 말은 아닙니다.

비폭력이란 저항하지 않으며 저항하는 상태를 가리킵니다.

그때의 저항은 타인을 공격하지 않습니다.

그것은 존재가 선택할 수 있는 가장 평화적인 상태입니다.

타인의 영역이나 특성을 고려하지 않고

내가 옳다고 생각하는 것만을 강요한다면 그것은 폭력입니다.

◦

자비심은 자신이나 상대에 대해

일방적 판단이나 편견을 가지지 않고

긍정적으로 믿어주고

행복과 행운을 빌어주는 마음이면 되지요.

'당신이 하는 일이 모두 잘되기를 바랍니다.'

이런 축복의 마음을 담아 기도해보십시오.

5

고요만이
남습니다

고요함은 아무 일도

일어나지 않는 상태가 아니라

마음에 폭풍이 일어나건,

두려움이나 걱정,

혼란이 일어나건 간에

마음에 동요를

일으키지 않는 것입니다.

꽃들의 수행자

오늘 아침 암자 앞마당에 피어 있는 할미꽃을 잠시 봤습니다. 올 봄에는 이런저런 일들로 바빠서 두 번밖에 눈길을 주지 못했거든요. 그런데 어느새 꽃은 다 지고 하얀 꽃대만 비를 맞고 있습니다. 둥굴레와 옥잠화들도 마치 아이들이 몰라보게 키가 자라듯 늘씬 늘씬하게 키가 커졌네요.

아무도 돌아보지 않고
보살펴주지 않아도
섭섭해하지도 않고, 투정부리지도 않고
저 자체로 아름답게 피었다가
소리 없이 지는 꽃들에게서
겸손과 침묵의 아름다움을 배우게 됩니다.

혹시 바닷가에 반질반질 윤이 나는 돌의 이름을 아시나요? 해미석이라고 합니다. 바다 해海, 아름다울 미美의 해미석이 비에 젖은 모습을 보신 적이 있나요? 그들은 비가 와도 허리 아프다는 말도 안 하고, 날이 궂으니 기분이 가라앉는다는 어떤 핑계도 하지 않고, 그저 묵묵히 마치 감사라도 하듯이 온몸으로 비를 맞고 있습니다. 소리 없이 피었다가 지는 꽃에서 겸손과 침묵의 아름다움을 발견했다면 그렇게 비 맞고 있는 해미석을 보며 저는 화두 삼매에 빠져 있는 수행자의 모습을 보게 됩니다.

차 한잔의 평화

여러분도 차를 좋아하시나요?

마음을 열 수 있는 도반道伴과 함께 마시는 차는

마음까지 훈훈하게 해줍니다.

차를 마시는 마음은 평화의 마음입니다.

누군가를 공격하고 배척하는 전쟁의 마음으로

차를 마시는 사람은 없으니까요.

가끔은 대학에서 학문을 가르치는 교수님들이 우리 젊은 학생들에게 차 한잔을 나누며 평화롭게 토론하고 설득하는 법을 가르치면 좋겠다고 생각한 적이 있습니다.

지식을 갖추었다고 하는 사람들도 자신의 이익을 위해 타인을 배격하고 공격하는 투쟁적인 에너지를 사용하는 것을 보면 우리 사회가 따뜻한 차 한잔을 나누는 평화의 기술보다는 한 번에 들이마시고 취해버리는 폭탄주 같은 폭력의 기술을 더 많이 가르치는 것이 아닐까 싶어 안타까운 마음이 듭니다.

한 잔 한 잔 마시는 것으로는 양이 차지 않아서 한꺼번에 들이붓고는 폭발하듯이 취해서 인사불성이 되는 폭탄주는 말 그대로 전쟁과 폭력의 상징처럼 느껴집니다.

따뜻한 김이 오르는 차를 마시며 싸움을 하는 사람은 세상에 없을 거예요. 고요히 마주 앉아 천천히 향을 음미하고 온전히 입안에 퍼지는 맛을 따라가며 상대와 내가 오롯이 마주할 수 있는 시간은 오직 평화의 마음만이 함께하니까요.

마음의 스크린을 거두고

오래전, 밤 12시 넘어 혼자 밤 산행을 가끔 했습니다. 칠흑 같은 밤엔 눈은 아무런 소용이 없고 온몸의 감각에 의지하게 됩니다. 피부가 무언가를 감지하고 볼 수 있다는 걸 그때 처음 알았지요. 그것과 마찬가지로 마음이 어두울 때는 어두운 마음의 그 깜깜함 속에 가만히 있어보세요.

마음을 통해서는 대상의 본성을 알 수가 없습니다. 마음은 정보나 지식을 알려줄 뿐 그 자체를 알려주지는 않기 때문입니다. 사과 맛에 대한 설명을 아무리 들어도 그 맛을 도저히 알 수 없듯이 마음은 일종의 스크린과 같아서 스크린을 통해서 보이는 것은 진실이 아니며 그것을 담아낸 영상물일 뿐입니다.

마음이라는 장막을 걷어내면 사물은 있는 그대로의 모습을 나투며 우리는 모든 대상에 깊은 존경심과 사랑을 품게 됩니다.

마음의 스크린을 치울 방법은 뭐가 있을까요?

스크린을 거치지 않고 곧바로

깨어서 생생하게 사물을 인식해야 합니다.

내 마음의 성소

혹시 집 안에 명상이나 기도를 할 수 있는 공간이 있으신가요? 아무리 공간이 좁아도 아늑하고 조용한 곳에 명상의 공간을 만들면 집 안에 좋은 기를 불러들이게 합니다. 가족의 마음도 평화롭게 하고, 의식의 활성화에도 중요한 역할을 한다고 합니다.

거실이나 서재, 명상소를 보면 그 집 식구들의 정신세계를 알 수 있습니다. 지극히 작다 하더라도 명상이나 기도를 위한 공간이 집 안에 마련되어 있다면 지친 영혼을 정갈하게 하고 피곤한 몸에 원기를 불어넣을 수 있지 않을까요?

어느 집이나 가족의 정신을 영적으로 이끌어줄 기도 공간이 있다면 그곳에서 잠시 숨을 가다듬으며 무사히 하루를 마치고 돌아왔음에 감사드리게 될 것입니다. 오늘 하루, 만났던 모든 분께 '고맙습니다'라는 마음 한 번만 낼 수 있다 해도 거기가 바로 영혼의 쉼터이지요.

등산을 하거나 산책을 하면서 자신의 걸음이 스쳐가는 곳마다 작은 생명 하나라도 무심히 죽지 않기를 바라는 마음가짐으로 걸으면, 발 옮기는 공간과 주변이 금방 사랑의 에너지로 바뀝니다.

자신에 대해 뭘 바꾸거나 고치려 하지 말고 다만 이 순간을 지켜보라는 말이 있습니다. 명상은 어떤 행위와 생각을 멈추는 순간 나 자신이 여기에 존재한다는 사실을 알게 해줍니다. 멈추는 순간 내면으로부터 바라보는 눈이 눈을 뜹니다. 사실 어떤 면에서는 매우 간단하고 쉽지요.

명상을 어렵게 여기지 말고 우선 생활 속에서
문득문득 잠시 멈추기를 실천해보세요.
잠깐 안 하기도 좋습니다.
지금 당장 읽어야 할 것을 안 읽고,
가야 할 것을 안 가고, 전화할 것을 안 하는 것.

이것은 살아서 팽팽하게 움직이는 에고의 나를 잠시 죽이는 일입니다. 그렇게 일부러 죽는 데 잠깐 시간을 투자함으로써 자유로운 나를 살리는 것입니다.

자유롭게 현재를 위한 시간을 가지는 것입니다.

잠시 멈추기! 잠시 안 하기!

이것은 나를 더 높은 관점에서 내려다보도록 하는 일입니다.

마음 통장에 저축하기

"선과 악의 보답은 마치 그림자가 형체를 따르는 것과 같으니 오
직 사람이 스스로 불러들일 따름이다."

노자의 말씀처럼 화와 복은 오직 스스로가 불러들일 뿐이며 선
과 악의 결과는 마치 그림자가 형체를 따르듯이 뿌린 대로 거둘
뿐입니다.

우리가 하루하루 살아온 모든 삶의 기록은 우주 카메라에 자동
으로 찍히고 마음속 생각까지도 CCTV에 다 저장되어 그 사람의
업의 창고에 고스란히 남겨집니다. 더하지도 덜하지도 않으며 로
비를 할 수도 없고 봐달라는 청탁이 통하지 않는 것이 업의 결과
이지요.

덕행은 쌓지 않고 요행을 바라며 잘못된 방법으로 살아가면 근심
과 걱정이 따를 것이며, 선행한 통장에 잔고가 남아 있지 않아서
빈털터리가 되니 좋은 일은 생기지 않고 축하받을 일도 없이 좋
지 않은 일만 닥쳐올 것입니다.

마음 통장에 저축하는 방법은 사람마다 다 다르겠지만 매일 밤
나를 위해서가 아니라, 타인과 전 우주의 존재를 위해 묵상해보

세요. 자애롭고 따뜻한 사랑 가득한 기도를 올려보세요.

이렇게 맑고 바른 마음을 가지다 보면 어느 사이 선행 통장에 잔고가 늘어나고 나중엔 넘쳐나서 원하는 모든 사람에게 다 나눠주고도 남을 것입니다.

우리는 풍요로운 우주에 살고 있습니다.

우리는 마음 부자입니다.

우주 전체를 들이마시듯

잠을 자는 동안에는 우리의 뇌는 저장능력은 백지화되고 기억의 인출 능력이 급격히 올라간다고 합니다. 그래서 뇌의 긴장이 풀리면 자다가도 아이디어가 '번쩍!' 떠오르는 겁니다. 실제로 슈베르트는 잘 때도 안경을 벗지 않고 악상이 떠오르면 오선지에 바로 옮겼다고 합니다.

불면증을 겪는 분은 몸의 긴장을 풀어보면 도움이 될 수 있어요. 먼저 따뜻한 바닥에 편하게 누워 가벼운 담요로 몸을 덮고 눈을 지그시 감아보세요. 아랫배로 숨이 들어오고 나가는 것을 마음의 눈으로 바라보며 몸을 자각해보세요.

두 팔은 몸 양옆에 편하게 놓고, 발과 발 사이는 두 주먹이 넉넉히 들어갈 만큼 벌리고 바닥에 닿아 있는 몸 전체를 자각하면서 온몸으로 숨이 들어왔다가 온몸으로 숨이 나가는 통호흡을 해보세요.

우주 전체를 들이마시듯 마음을 좍 펴고 그렇게 지그시 숨을 들이마시고 내쉬는 동안 몸의 긴장이 풀리며 스르르 잠이 오게 됩니다.

또 다른 정거장이 기다리고 있습니다

먼 길을 갈 때 우리는 쉬어갑니다.
고통스러운 상황이나 몸의 병을 얻었을 때
그것을 쉬어가라는 신호로 받아들여
자신을 살펴보면
잊고 있었던 많은 것들이 보입니다.
고통이나 병이 내가 아니라
고통 너머에 완전한 내가 있다는 사실을
쉬어갈 때 비로소 깨닫게 됩니다.

온몸이 묶인 듯 휠체어에 고정되어 있고, 음식물의 거의 대부분
이 입 밖으로 흘러내려 턱 밑에 받친 접시 위로 떨어지는 전신마
비의 물리학자 스티븐 호킹 박사의 눈을 가까이서 본 사람들은
놀랍게도 그의 눈에는 불행의 흔적이 전혀 없다고 합니다.
"이보다 더 많은 걸 어떻게 바라겠습니까?"
이렇게 말하는 스티븐 호킹 박사의 인터뷰 내용만으로도 우리는
그가 삶의 모든 저항을 내려놓고 삶을 온전히 받아들이고 순응

하며 사는 법을 터득했다는 것을 알 수 있습니다. 스티븐 호킹 박
사의 눈을 들여다본 적은 없지만 우리는 그만큼 맑은 하늘을 볼
수 있는 아름다운 눈을 가지고 있습니다.

지금 당신이 겪고 있는 그 고통스러운 일들이
진정한 당신을 찾아가기 위해
잠시 내린 정거장이라고 생각하세요.
그 정거장 다음에 우리는 완전함이 있는
또 다른 정거장에 도착할 거니까요.

나와 눈을

맞추는 시간

o

거추장스럽고 불편하고 불쾌한 것에서
벗어나는 것이 자유가 아닙니다.
그런 것들로부터 벗어나려고 안간힘을 쓰면 쓸수록
만족과 즐거움에 매달리게 되지 않던가요?
자유는 무엇에서 벗어남이 아니라
반응을 멈추는 그 순간에 얻게 되는 것이 아닐까요?

o

속도에 대한 강박증은 멈출 줄을 모릅니다.
가면 갈수록 더 빠른 것을 요구하기 때문에
어느 순간, 몸속의 피가 마르는 것 같이
파삭거립니다.

음악에 쉼표가 있듯이
삶에는 반드시 쉼표가 있어야 합니다.

어쩌다 나를 미혹되게 하는 것이 있다면
눈을 감고, 귀를 닫고, 입을 다물고,
고요함에 마음을 맡겨봅니다.

그러면 내 안에서 소란함이 멈추고
스트레스도 물러갑니다.
바쁠수록 고요함이라는 친구를 가까이해보세요.
참 착한 친구입니다.

내가 알고 있다고 생각한 모든 것을 내려놓아 보세요.
내가 직접 깨달아 아는 것이 아닌 모든 정보에 대해,
그리고 명확하게 알지 못하는 것에 대한 두려움도
멈추어보세요.
눈을 감고 내면의 빛을 향해 숨 쉬어보세요.

o

문제의 원인을 타인에게 돌리는 생각은
또 하나의 벽을 만들겠지요.
실망의 감정이 일어나면 그저 지그시 그 감정에 주의를 보내며
온몸으로 그 느낌과 함께 호흡해보세요.
몇 번 호흡을 크게 하다 보면
실망의 감정은 크기가 줄어들거나 온데간데없어질 것입니다.

o

눈을 감고, 누군가를 혹은 어떤 일을 비난하려는 마음에서
자유로워지는 당신을 떠올려보세요.
분노의 마음에서 비켜나 평화롭고 고요해진 당신을 떠올려보세요.
어딘가에 구속되어 있는 마음에서 물러나
걸림 없는 당신을 떠올려보세요.

‘평화는 나로부터 시작된다.’
오늘은 이 말을 만트라처럼 마음속으로 외우며
하루를 시작해보세요.
정말 평화가 여러분을 감쌀 것입니다.

나를 힘들게 하는 사람들도
삶의 고통 속에 있는 가련한 존재임을 떠올리면
미움은 약간의 이해심으로 바뀌고
내 맘이 편안해지는 이익이 있으니
평화는 나로부터 시작된다는 말을 반복해서 속삭이세요.

인생에서 일어나는 일을 마음대로 할 수는 없다 해도
도전해오는 일들에 반응하는 방식은
마음대로 선택할 수 있습니다.
마음을 안정시키는 일이지요.
불가에서는 관세음보살이나 옴마니반메훔 같은
불보살의 명호를 부르며 마음을 고요히 합니다.
종교가 없는 분이더라도 ‘평화는 나로부터 시작된다’는
그 말은 거부감 없이 할 수 있을 것입니다.
나로부터 시작되는 평화를 위해 오늘도 좋은 날!

오늘 딱 하루만,

자신을 포함한 어느 누구도

비난하거나 탓하거나 칭찬하려는 마음 없이,

온전히 고요하게 지내리라 결심을 해보세요.

그 약속이 지켜지면

자신에게 근사한 상을 내리는 것도 즐거운 일입니다.

걷기 명상은 생활 속에 무척 도움이 됩니다.

걸을 때 발의 움직임에 집중하면

몸이 가볍고 사물을 대하는 태도가 달라지죠.

온전히 발바닥에 집중하여 걷고

대지가 나를 귀하게 받쳐준다는 마음으로 걸어보세요.

급할수록 저는 의도적으로 천천히 일을 진행해봅니다. 서두르려
는 마음이 일어나면 다시 호흡에 집중하며 천천히 진행합니다. 그
러면 힘도 덜 들고, 일이 꼬이지도 않고, 하려고 마음먹었던 것을
다 마칠 수 있습니다.

호흡에 집중한다는 말은
내가 숨 쉬고 있다는 사실을 알아차리는 일입니다.
숨을 들이마시며 '들이마심', 그리고 내쉬며 '내쉼' 하고
호흡에다 이름을 붙이며 숨 쉬어보세요.
금방 마음이 안정될 것입니다.

그렇게 숨에 집중한다는 것은
미래나 과거로 달아나고 있는 마음을
지금 여기에 데리고 오는 효과가 있습니다.

◉

전신 마취를 하면 의식이 점점 몽롱해지면서
밖의 소리가 전혀 들리지 않는다지요.
그것과 마찬가지로 호흡에 주의를 모으면
마음속 소음이 사라집니다.
하지만 바깥 소리는 전보다 더 분명하게 들립니다.
주시하는 힘이 강할수록 시계 초침 소리가 더 또렷이 들립니다.
호흡도 마음과 더불어 움직이고 변화합니다.
내쉬는 숨을 입으로 뱉을 땐
몸과 마음이 긴장되어 지쳐 있을 때이니
그럴 땐 의도적으로 깊은 호흡을 열 번 정도 해서
가슴을 뚫어주세요.

◉

무엇인가를 억지로 하지 마세요.
머리를 누르는 그 느낌에
가만히 주의를 기울이고 숨을 쉬어보세요.
저항하는 힘을 수용하는 에너지로 변화시키면
금방 머리가 시원해질 것입니다.

◉

불안, 근심, 혼란, 두려움, 이런 고통스런 느낌은
저항하면 할수록 내가 원하지 않는 어떤 것과 마주치게 하고,
흔치 않은 방식으로 행동하도록 부추깁니다.
이렇게 원하지 않는 순간과 화해하기 위해
우리는 자주 호흡으로 돌아와야 합니다.
들이마시고 내쉬는 호흡을 가만히 지켜보며
마음의 고요함을 얻어야 합니다.

◉

가족과의 관계에서 괴로움과 갈등을 겪으면
몸의 왼쪽이 불편해지고,
타인과의 관계에서 갈등과 긴장감을 느끼면
몸의 오른쪽이 불편해진다고 합니다.
만약 양쪽 다 불편하면 쌍방향으로 갈등을 겪는 거죠.
한번 살펴보고 자주 긴장을 풀고 이완 명상 해보세요.

생활 속에서도 쉽게 명상을 할 수 있습니다.

들숨 날숨 때마다 열, 아홉 이런 식으로 천천히 하나까지

수를 헤아려 가면 심신이 이완되고 머리가 맑아집니다.

수를 세다가 놓쳤을 때는 다시 열부터 시작하면 됩니다.

매일 10분이라도 훈련하면서 명상을 즐기는 근력이 붙어야 합니다.

허리를 펴고 지그시 눈을 감고 숨을 들이마시고 내쉴 때

열, 다시 아홉 하면서 하나까지 수를 천천히 세어보세요.

잡생각이 오면 관대하게 대하고 다시 열부터 시작하기.

지금 해보실래요? 편하게 앉아보세요.

그리고 허리를 펴고 지그시 눈을 감고 숨을 들이마시고 내쉴 때

열, 다시 아홉 하면서 하나까지 숫자를 천천히 세어보세요. 들숨

에 '자' 날숨에 '비' 하면서 '자비'를 호흡 따라 해보세요.

호흡을 알아차리면 마음이 고요해지죠.

맑은 마음에 뿌리를 두지 못한 잡다한 생각은

이기적이고 비효율적이지만

호흡이 깊고 고요하면

충동적 행동을 멈출 수 있습니다.

미움이건 사랑이건

마음의 고요함이 없는 사람에겐

일종의 수다일 뿐입니다.

수다 떠는 사람들이 주위를 피곤하게 하듯

스스로 절제하지 않는 사랑 또한

과잉된 감정일 뿐 사랑이 아닙니다.

상대의 이야기를 깊이 경청하지 않는 사랑 또한

상황이 바뀌면 금방 미움으로 변하고 맙니다.

그래서 사랑에도 간격이 필요하다는 말을 합니다.

사랑에 간격을 만들기 위해서라도

가끔 침묵해야 합니다.

사랑하는 사람에게 배신당했을 때
복수심으로 힘들어하는 사람도 있습니다.
그러나 이 복수심도 사실은
치유되고 싶은 마음 때문에 일어난다고 합니다.

복수심이 바깥으로 크게 드러날수록
다시 예전처럼 완전해지고 싶다는 심리가 크다고 합니다.
복수하고 싶은 마음을 없애는 방법으로
우선 그 사람에 대한 온갖 상상을 멈추는 것부터 해야 합니다.
자신의 머릿속에서 상영되고 있는
그 사람이 했던, 또는 했을지도 모르는
온갖 나쁜 영화의 막을 내리는 것입니다.

◦

세상엔 기가 찬 일도 많고
말문 막히는 일도 많고
심장 벌떡거리는 일도 많고
진땀나는 일도 많지만
나뭇가지에 물오르는 소리와
꽃망울 부풀어 오르는 소리에
가만히 눈 감으면
우주의 떨림이 전해옵니다.

◦

세상일과 다른 이에게 뒤처지지 않으려고
하루 종일 바빴다면
어둠이 내린 시간, 고요히 자신과 만나보세요.
마음의 질주를 멈추고
혼자 잠시 머물 공간이 있다면
내면의 성스러움과 만나는 시간을 가져보세요.
1분 명상, 기도, 책 읽기 뭐든 좋아요.

낱말 하나에도 에너지가 있다는 사실, 여러분도 느끼시나요?

예를 들어 재수 없다, 속상하다, 기분 나쁘다,

이런 말을 해보면 정말 그 단어가 주는 느낌에

에너지가 죽어버리고, 기가 소통하지 않습니다.

하지만 깊은 평화, 고요한 사랑, 이런 단어들은

말하는 순간 몸의 긴장감이 풀리고 마음까지 가벼워집니다.

음악도 마찬가집니다. 좋은 음악은

우리의 몸과 마음을 이완시키며 정신을 고양시킵니다.

마음속에 미운 사람이나 나를 미워하는 사람이 떠오르면

마치 자신이 말없는 나무토막이 된 듯 가만히 있어보세요.

그 사람도 나와 같이 삶에 대해 배우고 있는 중이라고

한 걸음만 물러서서 생각해봐요.

눈을 들어 먼 곳을 바라보면 미운 에너지가 옅어지기도 해요.

괴테의 《파우스트》에 나오는
"인생이란 움켜쥐어야만 재미가 있는 법"이라는 말,
본질을 꿰뚫고 있는 말입니다.

움켜쥐려는 것을 오히려 놓아버리면
인생의 진정한 즐거움을 안다는 역설이겠지요.
움켜쥐었던 것을 놓기 위해
마음의 지우개를 하나 들고 생각이 올라오면 지우고,
그 생각에 해석을 하고 싶을 때 또 지우고,
그렇게 지우고 또 지우고,
하나씩 지워 나가다가 마지막 한 생각까지
깨끗이 다 지우고 나면, 거기 뭐가 남을까요?

지금 그대로 멈추고 침묵 속에 1분만 그대로 있어보세요.

마음챙김과 집중명상을 하루 20분씩 아침저녁 매일 하면 좌뇌가 발달하며, 번뇌로 들끓던 우뇌 활동을 마음챙김 명상을 통해 좌뇌로 이동하면 긍정적인 마음으로 변하고 면역력도 높아진다고 합니다.

우측 뇌는 애매모호한 생각들로 번쩍번쩍 스토리를 만들어내고 느낌을 담당하며, 그것을 좌측 뇌로 넘겨주면 좌뇌는 논리 정연하게 정리 정돈을 담당합니다. 좌뇌 활동이 우세하면 낙천적이 되고 우뇌 활동이 우세하면 우울증에 빠질 수 있다는군요.

인체에도 전기가 흐르고 지구에도 전기가 흐르는데 인체와 지구 모두 전자가 잘 이동하는 훌륭한 전도체라서 우리 몸이 땅과 바로 접촉하면 자유전자가 몸으로 유입되어 활기를 띠게 된다고 합니다. 땅 밑에서 올라오는 에너지는 물기가 있을 때 전도성이 높아지고요.

새벽녘 땅이 물기에 촉촉이 젖어 있을 때 흙 위에 맨발로 서 있거나 걸어보세요. 만성 염증성 근육통, 만성 피로, 불안, 우울증, 불면증 등 각종 질병에 많은 효과가 있다고 합니다. 몸에 필요한 전기가 충전되면 원기 회복이 되는 원리지요.

감기 걸린 분들, 추위 타는 분들은 맨발로 촉촉한 잔디나 모래흙 위에 서보세요. 30분이면 에너지가 충전돼요.

영하로 내려가기 전까지 땅에 몸을 연결해보세요. 치유 에너지로 활력이 생겨요. 그다음엔 따뜻한 물로 발을 닦아주세요.

◦

"하루가 때로는 어머니 같고, 때로는 계모와 같다"는
속담이 있습니다. 이런 날도 있고 저런 날도 있다는 말이지요.
요즘은 밤에도 택배가 오는 세상이지만,
아무리 무거운 짐도 밤까지는 운반할 수가 없습니다.
근심은 이 밤이 가기 전에 다 내려놓고
몸과 마음을 쉬게 하는 것이 어떨까요?

◦

잠들기 직전의 생각이나 이미지가
내일 아침 일어날 때의 첫 생각이나 이미지가 됩니다.
마찬가지로, 숨을 거둘 때의 생각이
다음 생의 생각으로 연결되겠지요.
가끔은 의식적으로 생각의 코드를 빼버리세요.

생각 자체가 나쁜 것은 아니지만
우리의 생각 중 대부분은 쓸모없는 것입니다.
생각을 멈추고 현존에 집중하면
마음의 그릇된 분별이 사라지고 기쁨이 찾아옵니다.

우리가 모르고 지은 잘못, 알고 지은 잘못이 어디 한두 가지겠습니까? 세속의 법에선 모르고 지은 죄는 정상 참작을 하지만, 우주 법계의 법은 알건 모르건 한 치의 오차도 없이 인과응보가 있지요.

잠들기 전 오늘 자신의 행동과 말의 태도가 어땠는지
점검해보는 것은 매우 가치 있는 일입니다.

우린 종종 누군가를 만나 할 말이 없을 때
다른 이에 대한 험담에 열중하지요.
사려 깊지도 의미 있지도 않은 말을 하며
시간을 죽이는 일은
시간과 함께 자신도 죽이는 일입니다.

○

수평선 너머로 아침 태양이 솟아오르고
하늘의 별들은 퇴장하고…
그 광경을 그림을 보듯이 상상해보십시오.

삶의 순간도 그렇습니다.
오늘이란 한 페이지가 넘어가면
새로운 아침에게 그 자리를 내어주는 것이지요.
오늘 못 다한 것이 있더라도
거기에 너무 집착할 것도 후회할 것도 없습니다.

저녁이 되었으니
밤하늘을 여행하는 떠돌이별이 되는 것도 좋지 않겠습니까?

○

늦은 밤에는 잡다한 일상의 언어나 행동,
늦게까지 따라다니는 온갖 근심 걱정 다 내려놓고
자신의 중심으로 돌아가는 시간이 필요합니다.
바다로 나간 연어가 강의 원류를 찾아가듯,
세상의 바다에서 자신의 원류로 회귀하는 시간!

◦

고요함은 아무 일도 일어나지 않는 상태가 아니라
마음에 폭풍이 일어나건, 두려움이나 걱정, 혼란이 일어나건 간에
마음에 동요를 일으키지 않는 것입니다.
일어나는 폭풍을 어루만져 다스리며,
마음을 현재에 있도록 하는 것이 바로 고요함입니다.
가고 옴에 저항하지 않는 그 마음이 바로 고요한 마음입니다.

◦

편한 시간을 정해서 하루 20분씩이라도
영성적으로 도움 되는 단어를 떠올리며 그것이 행동과 말에
영향을 주도록 그 느낌을 온몸으로 느껴보세요.

○

사람의 인상은 하루에도 여러 번 변합니다.
생각과 마음 상태에 따라 얼굴 근육은
우리가 눈치채지 못하는 사이 계속 바뀝니다.
잠자는 동안에도 인상은 끊임없이 변하니
행복한 일을 떠올리며 잠자리에 드세요.

○

하품은 뇌 순환을 증진시키고 온몸을 자극시키는 자연스러운 호흡 반사입니다. 입을 벌려보면 턱 아래쪽과 위쪽 뼈가 맞물리는 곳에 움푹 들어간 곳이 있어요. 이 부위를 손으로 가볍게 눌러주면서 아~ 하고 하품하면 머리가 맑아져요.

오늘도 수고 많으셨습니다.
이제 생각을 쉬고 휴식하세요.
깊게 세 번 숨을 토하세요.

6

자 신 만 의

답   을

찾 습 니 다

땅에 지진이 일어나듯

영혼이 흔들리는 강력한 진동이 있은 뒤에

인간은 새로운 경험을 받아들일 수 있습니다.

그런 변화는 영혼의 큰 각성이며

그런 각성을 통해 우리는 새로 태어나게 되지요.

달팽이가 느려도 늦지 않다

다친 달팽이를 보거든 섣불리 도우려고 나서지 말라.

스스로 궁지에서 벗어날 것이다.

성급한 도움이 그를 화나게 하거나

그를 다치게 할 수 있다.

하늘의 여러 별자리 가운데서

제자리를 벗어난 별을 보거든 별에게

충고하지 말고 참아라.

별에겐 그만한 이유가 있을 거라고 생각하라.

더 빨리 흐르라고 강물의 등을 떠밀지 말라.

강물은 나름대로 최선을 다하고 있는 것이다.

프랑스 시인이자 영화감독인 장 루슬로의 시입니다.

누군가를 돕는다는 것이 그 사람을 성가시게 하거나 화나게 했던

적은 없는지요? 느리게 가는 달팽이를 보면 저런 속도로 어느 세

월에 먼 길을 다 가겠는가 걱정하며 얼른 집어 옮겨주고 싶었던 적은 없으신지요? 달팽이의 속도가 인간의 눈으로 보면 참으로 더디고 답답해 보이지만 우주의 속도에서는 그것이 지극히 합당한 속도입니다.

모든 것이 빠르게 움직이는 세상에서 느릿느릿 걸음을 떼는 사람은 도태되기 십상이라고 우리는 믿습니다. 빠르게, 빠르게, 그리고 돈은 많게, 많게, 명예는 더 높게, 더 높게 하고 원하지만 실제로 그것은 행복과는 아무런 관계가 없는 일이지요.

늘 더 가지지 못해 안달하고, 늘 더 높이 오르지 못해 안달하지만 막상 그 자리에 가 보면 그보다 더 높은 자리와 그보다 더 많이 가진 사람이 있기 마련입니다. 그 순간 욕망은 다시 '더 빨리, 빨리'와 '더 높이, 높이', 그리고 '더 많게, 많게'를 외치며 달려가지요. 그렇게 달리고 그렇게 모으다가 제대로 한번 써보지도 못하거나 제대로 한번 높은 자리에서 세상을 위해 뜻을 펴보지도 못한 채 삶을 마치는 것이 인생입니다.

강물이 느리게 흐른다고 강물의 등을 떠밀진 마십시오.

액셀러레이터도 없는 강물이

어찌 빨리 가라 한다고 속력을 낼 수 있겠습니까.

달팽이가 느리다고 달팽이를 채찍질하지도 마십시오.

우리가 행복이라 믿는 것은 많은 경우

행복이 아니라 어리석은 욕심일 때가 대부분입니다.

우주의 시계에서

달팽이는 느려도 결코 늦지 않습니다.

참된 부자

"황금빛 햇살도, 샘솟는 옥빛 물도 하루 이상 가질 수가 없다. 찰나가 지나면 그 아름다움도 더 이상 우리 것이 아니다. 이 세상의 부는 빌려온 것이다. 진실로 좋은 것은 아무도 혼자 소유할 수 없다."

아메리카 원주민인 인디언들의 명언을 읽다 보면 참으로 배울 것이 많습니다. 부의 양극화 현상이 너무 심해 가진 사람은 가진 돈을 결코 다 써보지도 못한 채 세상을 떠나고, 가난한 사람은 평생 몸뚱이 한번 편히 뉘어볼 집 한 칸 마련하지 못하고 세상을 하직해야 합니다. 빌려온 것이라는 이 세상의 부, 현명하게 나눌 줄 아는 사람이 참된 부자입니다.

그러나 자신이 가진 것을 아낌없이 나눌 수 있으려면 내면에 커다란 변화가 와야 가능해집니다. 사람의 내면에 큰 변화가 올 때는 지금까지 알고 있었던 지식에 강력한 파괴가 오게 되지요.

땅에 지진이 일어나듯 영혼이 흔들리는 강력한 진동이 있은 뒤에 인간은 새로운 경험을 받아들일 수 있습니다. 그런 변화는 영혼의 큰 각성이며 그런 각성을 통해 우리는 새로 태어나게 되지요.

내 안의 붓다

나 자신을 모를 때가 많습니다.
내가 누구인지, 뭘 하는 사람인지,
어디서 왔다가 어디로 가는지
모르는 사람이 너무나 많습니다.

명함에 길게 적어놓은 당신은 당신이 아닙니다.
당신은 결코 명함 속에 있지도 않고
당신이 자랑스럽게 내걸거나, 부끄럽게 감추고 싶어 하는
직책이나 명예 속에 있지도 않습니다.

자만심에 차 우쭐대거나 누군가를 업신여기며 코웃음 치거나
그러다가 때로는 맥없이 주눅 들어 눈치 보는
그렇게 변화무쌍한 당신은 결코 당신이 아닙니다.

모르고 있지만 당신은 사실 붓다입니다.
부처님을 가리키는 고유명사로서의 붓다가 아닌

완전한 존재라는 의미인 보통명사로서의 붓다,
바로 그것이 당신의 참모습입니다.
당신은 이미 완전한 존재입니다. 그 사실을 알아차리세요.

그까짓 작은 일에 상처받거나, 조그만 일로 티격태격하지 말고
당신 주위에 있는 또 다른 붓다들을 찾아보세요.
병원에 가면 환자만 보이고,
도서관에 가면 공부하는 학생들만 보이듯
붓다 눈엔 붓다만 보이고, 범부 눈엔 범부만 보인답니다.
당신 속의 붓다를 되찾으세요.

너의 생각이 너의 세계다

"세상을 향해 투덜대면 투덜거리는 사람을
더 많이 만나게 될 것이다.
삶이 가치 없다고 믿는다면
항상 가치 없는 증거를 발견하게 될 것이다.
너의 생각이 너의 세계다."

내가 하는 생각이 나 자신이라는 이 말은 평화를 사랑하는 주니
족에게 전해오는 이야기라고 합니다.
생각은 다른 이와 있을 때는 잘 드러나지 않다가 혼자 있을 때는
독백하듯 끊임없이 꼬리를 물고 일어납니다. 무엇이건 "안 된다,
힘들다, 어렵다"를 입에 달고 사는 사람에게 영향 받지 않도록 하
세요. 자신에게도 그런 성향이 있으면 왠지 자꾸 그런 부정적인
사람만 만나게 됩니다. 내가 가진 부정적인 에너지가 타인이 가진
부정적인 에너지와 공명 작용을 해서 자꾸 그런 어두운 상황을
끌어당기는 것이지요. 최악의 상황을 만났다 하더라도 그 마음을
극복하고 늘 번영하고 잘되는 일에 관심 가지려고 노력하세요.

부정적인 생각에 빠져 근심을 하면 할수록 내가 원치 않는 현실이 나타납니다. 초대하지 않아도 마구 일어나는 그 부정적인 생각들을 내치려고만 하지 말고 그것들을 쓰다듬으며 너그럽고 친절하게 대해보세요. 철부지 아이 달래듯 어루만지면서 부정적인 그 마음을 향해 긍정적이고 더 나은 방법이 있을 것이라고 타일러보세요.

용맹한 호랑이처럼

옛날이야기 하나 옮겨볼까요?

아주 오래된 옛날에 양을 기르고 있던 마술사가 살았습니다. 어느 날 마술사는 호랑이에게 자꾸 잡아먹히는 바람에 점점 숫자가 줄어드는 양들을 모아놓고 이렇게 최면을 걸었습니다.

'이제부터 너희들은 호랑이다. 양들을 잡아먹는 호랑이가 바로 너희들이다.'

최면에 걸린 양들은 그날부터 호랑이처럼 행동하기 시작했습니다. 줄어들던 양들의 숫자는 더 이상 줄어들지 않게 되었지요.

호랑이라고 생각하는 양을 보신 적이 있나요? 이게 무슨 말도 안 되는 이야기냐고요? 하지만 뚱딴지같은 이야기 속에도 새겨보면 배울 점이 많습니다. 흔히 우리는 일체유심조라고 말은 잘 하면서도 실제 행동은 일체유심조를 전혀 모르는 사람처럼 살아가지요. 모든 것은 마음이 만들어내는 것이라고 말은 하면서도 실제 행동은 그렇지 않다는 것이지요.

마음이 부자인 사람이 진짜 부자라고 말은 하면서도 실제 행동은 거지처럼 한다면 그것이 어찌 '마음이 모든 것을 만들어낸다'라는 진리를 믿고 있는 사람이라 할 수 있겠습니까?

몸뚱이는 양이면서 스스로 호랑이라고 주장하는 경우를 지금 이 시대에 목격하게 되면 우린 아마 그 미친 양을 정신병원으로 데려가려고 할 것입니다.

그러나 비록 내 몸은 양이라 하더라도 호랑이와 같이 용맹한 마음만 가질 수 있다면 세상에 두려울 게 뭐가 있겠습니까? 마음이 부자인 사람이 진짜 부자이듯이 몸은 양처럼 유순하지만 인생의 시련 앞에선 용맹한 호랑이로 변할 수만 있다면 두려울 게 뭐 있겠습니까? 나약한 양보다 삶의 커다란 도전 앞에서도 무너지지 않는 인생의 호랑이로 살아가면 어떨까요?

꿈을 지닌 사람

세상을 구원하는 자는 돈 많은 재벌이나 정치가가 아니라
꿈꾸는 사람들이라고 했지요.
어쩌면 가장 초라한 사람은 돈이 없는 사람이 아니라
꿈이 없는 사람 아닐까요?

여러분은 어떤 꿈을 가지고 계시는지요? 가장 초라한 사람은 꿈
이 없는 사람이라고 말했지만 공교롭게도 어떤 꿈을 가지고 있느
냐고 물으면 선뜻, "내 꿈은 이런 것입니다" 하고 대답하는 사람
이 많지 않습니다.

그러나 마음속에 꿈을 지니고 있는 사람은 인생의 목표를 가지고
있기에 행복합니다. 꿈이란 원래 그것을 이루어가는 과정이 참으
로 행복한 법이지요. 그래서 꿈꾸는 사람은 세상을 구원하는 사
람이라고 했나 봅니다.

꿈이 있는 사람은 스스로 행복할 뿐 아니라 세상을 행복하게 만
들며 세상을 구원한다는 말도 사실은 세상을 행복하게 한다는
말과 크게 다르지 않은 것 아닐까요? 세상에 와서 뭔가를 성취한

사람들을 살펴보세요. 그분들의 성취는 모두 작은 꿈으로부터 시
작되었습니다.

깨어 있는 날만 동이 튼다

월든 호숫가에 통나무 오두막을 지어놓고 살았던 소로우는 "우리가 깨어 있는 날만 동이 튼다"는 말을 남겼지요.

지금 이 순간 여러분은 깨어 있습니까? 세상이 온통 어둠으로 덮인 밤이지만 오늘 하루 태양은 여러분의 마음을 환하게 비추었습니까? 혹시 머리 위에 해가 떠 있다는 사실도 모르고 살진 않았나요?

"깨어 있는 날만 동이 튼다"는 소로우의 말은 불교식으로 풀이하자면 8정도八正道, 즉 여덟 가지 바른 길을 따라 각성된 삶을 살 때 진정으로 깨어 있는 것이라고 해석할 수도 있겠지요. 눈은 뜨고 있지만 의식이 미망에 빠져 있다면 태양은 뜨지 않은 것이나 다름없으니까요.

사는 일이 시들해지고 어떻게 사는 것이 참으로 잘 사는 일인가 자문하며 한숨짓다 보면 우리가 살고 있는 이 시대가 가장 불운한 것 같이 느껴집니다. 그러나 어느 시대이건 참담하고 암울한 일들은 항상 일어났습니다.

불교의 《율장대품》에 "가면 길은 열린다"는 말이 있지요. 인생길은 저절로 만들어져 있는 것이 아니라 희망을 가지고 잘 살려는 의지가 있는 사람에게 열려 있습니다.

진정한 나를

만나는 시간

인생은 짧습니다. 이 짧은 인생을 소모하지 마세요.

인생에서 하고 싶은 일이 무엇인지

그것을 찾아내는 것이 가장 소중한 일입니다.

자기 자신에게 물어보세요.

무엇을 할 때 나는 가장 행복한가요?

당신은 무엇을 하고 싶은가요?

무엇을 할 때 당신은 가장 행복한가요?

나를 소모시키는 일은 하지 마세요.

좋은 사과를 얻기 위해 사과나무 가지를 쳐내듯

인생의 좋은 과일을 얻기 위해 당신이 하는 많은 것들을

가지치기하세요.

당신을 소모시키는 필요 없는 일들을 잘라내세요.

자르고 버리고 하다 보면 모든 것이 가지런해집니다.

인생 그 자체엔 아무 의미가 없지만

그 의미는 나 자신이 만들어가는 것입니다.

빠른 속도로 질주하듯이 달리는 것을 미덕으로 여기면
속도 중독증이 우리도 모르는 사이
우리 삶을 지배하게 됩니다.
빠르게 일을 처리하는 능력을 신봉하느라
진정 가치 있는 것을 놓치지는 않았는지
자신의 호흡을 한 번씩 지켜보며
숨 쉬고 있다는 사실을 자각해보세요.
그렇게 하면 마음의 속도가 조금 늦추어집니다.
느리게 기어가는 달팽이처럼 말입니다.
느린 속도로 보이지만
달팽이는 우주가 정한 자신의 시간에
결코 늦는 법이 없습니다.

○

집으로 돌아가는 길, 가로등 불빛에 길게 드리운

자신의 그림자를 벗 삼으세요.

그림자는 묵묵히 우리 곁을 지켜주는 도반입니다.

그림자와 동행하는 밤길, 여러분 발아래 촛불 밝혀둡니다.

흔들린다 하더라도 작은 촛불은 세상을 깨우는 빛이며 힘입니다.

그림자가 벗이듯

내 안에 있는 나 자신의 에너지를 믿고 따르세요.

우리는 스스로 치유할 수 있는 존재입니다.

○

자신과 남에게 모두 유익한 일이거나 공부라면

현재는 조금 힘들어도 결과는 행복할 것입니다.

진달래가 암자 마당에 피고 있어요.

꽃처럼 흐름 따라 살아보면 어떨지요?

있는 그대로 받아들인다는 말은

내 의견을 대상에 덧붙이지 않고 그대로 받아들인다는 말입니다.

그렇다고 바보처럼 아무 생각 없이 받아들이라는 말은 아닙니다.

왜곡된 의견의 꼬리표를 대상에게 덧씌우지 말라는 말이지요.

우리의 내면은 바깥에서 놀고 있는 나의 에고를

가만히 지켜보며 감시합니다.

때로 내 안에 있는 누군가가

나를 지켜보는 듯한 느낌이 들었던 적은 없는가요?

내면의 나, 내 안에 있는 나는

대상에 온갖 꼬리표를 달고 있는 바깥의 나를 지켜보며 걱정합니다.

'너 왜 그래? 왜 그렇게 쓸모없는 일을 하고 있니?' 하고 말입니다.

참으로 소중한 것에 집중해보세요.

소중한 것 외에 나머지 것들은 다 불필요한 것입니다.

자비심이나 사랑의 마음은
인간이 본래부터 타고난 것이라고는 하지만
씨앗이라 해서 모두 열매를 맺는 것은 아닙니다.
자비와 사랑도 씨앗처럼 계속 성장하고 진화하기를 바라며
내가 불러주어 쓰이기를 기다리고 있다는 사실을 잊지 마세요.

미움이 압도적으로 마음에 자리 잡고 있을 때
'내 기분이 밝아지려면 내가 해야 할 것은 무엇인가?'
내면에 물어보며 주의를 기울이면서 생활해보세요.

장수의 비결로 많은 사람들이 규칙적인 생활,
규칙적인 식사와 운동을 꼽습니다.
그러나 선지식들은 '선하게 사는 것'이
오래 사는 방법이라 합니다.
많은 뜻을 함축하고 있는 말입니다.

○

사람들은 화가 날 때 어떻게 하면 되느냐고,
불안할 때 어떻게 하면 되느냐고,
새로운 일을 하려 할 때 무엇을 하면 되느냐고 묻습니다.

좋은 방법이나 현명한 답이 있을 거라 여기지만
이미 알려져 있는 무수한 정보들이 답이 되지는 않습니다.

인생의 문제를 해결할 답이 이미 다 결정되어 있다면
우리가 지금의 삶을 경험할 이유는 없을 테니까요.
온갖 문제에 대해 각자 자신만의 답을 찾을 때까지
인생은 언제나 가능성으로 열려 있습니다.

◦

좋은 친구, 좋은 도반이 있다는 것은

인생이란 거친 항로에 커다란 힘이 되지요.

여러분은 험한 세상에 다리가 되어줄 친구가 있으신지요?

만약 없다면 여러분 자신이 누군가의 다리가 되어주시면 어떨까요?

공자는 이런 말씀을 했군요.

"학문을 좋아하는 사람과 함께 가는 것은

마치 안개 속을 가는 것과 같아서

옷은 젖지 않더라도 때때로 물기가 배어든다."

학문을 좋아하는 사람뿐 아니라

덕이 있는 벗이나 마음이 잘 닦여져 있는 친구와

인생의 항로를 함께 가다 보면

나 또한 그 친구의 덕이 안개처럼 내 삶에 배어서

덕스러운 사람이 되지 않을까요?

마음공부 하는 벗을 많이 두어 마음공부의 깊이를 더해보십시오.

집 안이나 사무실 정리를 잘하면
물건을 아껴 쓰게 되고
불필요한 것과 필요한 것을 구분하기 쉬워서
낭비를 줄일 수 있습니다.
생각 정리를 잘하면
마음에 여백이 생겨서
쓸데없는 트집과 불만, 오해를
없앨 수 있습니다.

태국의 큰 스승 아짠 문 스님은
"결코 남의 콧구멍으로 숨 쉬지 말라"고 하셨습니다.
멋진 말씀이지요?
매번 상황 탓만 하거나 세상을 원망하지 말고
어떤 처지에 있더라도 스스로의 의지로
평화와 자유를 누리라는 뜻이
그 말씀 속에 깃들어 있지 않나 생각해봅니다.

자신에 대해 혹은 타인에 대해 사랑의 힘을 무기력하게 하는 것은
네 가지 도구를 사용하기 때문이라고 합니다.
그 네 가지 도구는
'비판하기, 경멸하기, 변명하기, 발뺌하기'입니다.
여러분은 이 중에 어떤 도구를 자주 사용하시는가요?

이 네 가지가 파괴적인 힘을 가지고 있다는 것을 경험해보고도
우리는 이것들을 어지간해서는 버리지 못합니다.
네 가지 중 어느 한 가지라도 사용하고 싶은 충동이 들 때마다
"사랑의 힘이여 약해져라" 하고 주문을 외워보십시오.
사랑의 힘이여 약해져라, 약해져라.
아무도 나를 사랑하지 않기를 원하신다면
그 도구를 자주 사용하세요.

삶 속에서 자신의 생각을 분명히 표현하지 않고 우물쭈물하면
작은 일에도 움츠러들고 눈빛이 흐려지기도 해요.
소처럼 그저 순한 눈은 상대에게 저항감이 생기지 않도록 하지만
흐리멍덩한 눈빛은 세상 살아가기가 쉽지 않습니다.

전지의 에너지가 충분할 때는 전구가 환하고 밝듯이
현재에 집중하면 눈동자가 또렷해지고 빛나게 됩니다.
과거나 미래로 달려가는 눈빛은
회상에 잠기거나 터무니없는 상상으로 불안해집니다.
반면 지금 이 순간에 깨어 있는 눈빛은 맑고 분명하지요.
지혜의 힘이 충만한 사람의 눈빛은 그래서 늙지 않는 모양입니다.

우리는 자신의 관점에서 사람들과 상황을 해석하고 판단합니다.
그런 만큼 지금 내가 마주하는 현실은
진짜가 아닐지도 모른다고 의심해보십시오.
머릿속으로 만들어낸 가상현실을 진짜로 착각할 때
진리와는 멀어집니다.

우리가 회피하고 무시하고 도망치고 싶어 하는 것이
바로 우리를 진정으로 성장시켜주는 것이지요.
듣기 싫은 충고, 하기 싫은 일, 만나기 싫은 사람,
갈등하고 부딪치는 관계, 고통스러운 현실.
그러나 인생 공부의 답은 거기에 다 있습니다.

○

누군가를 부정하면 내가 먼저 고립됩니다.
무엇인가를 긍정하며 받아들이면 나부터 풍요로워집니다.
미움이 마음에 압도적인 힘을 내며 소리를 지르면
긍정하는 마음은 달아나고 맙니다.
마음이 밝아지려면 내가 해야 할 일은 무엇인가?
자신의 내면을 향해 질문해보세요.
내면의 소리에 귀 기울여보세요.

○

행복한 삶을 방해하는 일곱 가지 요소가 있어서 옮겨봅니다.

지레짐작하기
상대방의 마음 분석하기
이심전심이라고 생각하기
모든 것을 탓하기
매사에 다른 이와 비교하기
일어나지도 않은 일을 부정적으로 추측하기
완벽하지 않으면 못 견디기

사람들은 먹고살 만하면 인생이 즐겁고 행복하다고 말하다가
조금만 힘들고 일이 잘 안 풀리면 금방 괴롭다고 합니다.
괴로움은 세상에서 없어져야 할 대상일까요?
괴로움이 완전히 사라진다면 정말 세상은 행복으로 넘쳐날까요?

괴로움은 갓 태어난 아기부터 어린이와 청소년,
그리고 모든 어른들에 이르기까지
누구 한 사람 예외 없이 겪는 일입니다.
그런데 그 괴로움을 없앨 수 없다면
괴로움을 있는 그대로 받아들여 보는 것은 어떨까요?

괴로움에 대한 저항을 내려놓고
괴로움을 통해 뭔가를 배워보는 것은 어떨까요?
그것을 통해 우리가 배우는 것은 무엇일까요?

우리는 신경을 자극하는 높은 주파수의 소리 때문에
신경질적이 되거나 불안한 마음을 경험할 때가 있습니다.
그와 같이 우리가 세상을 향해 내보내는 한마디 말과
감정이 섞인 시선 또한 세상에 파장을 미칩니다.

자신을 원망하는 마음 밑에는 남과 비교하는 마음,
자신에게 걸었던 과중한 기대에서 오는 부담감,
더 높아지고 싶은 끝없는 욕구가 있지요.
그것이 눈을 어둡게 해서 우리는 진정한 우리 모습을
볼 수 없게 됩니다.

어느 선사는 이 세상엔 두 종류의 사람이

있다고 말씀합니다.

편하게 살고 싶은 사람과 인생을 완전하게 살고 싶은 사람.

두 종류의 사람 중에 당신은 어디에 해당된다고 생각하나요?

편하게 살고자 하는 건 아마 대부분이 원하는 일 아닐까 싶네요.

반면에 완전하게 살고 싶어 하는 사람을 찾기란 쉽지 않습니다.

완전하게 산다는 말은 먼저 자기가 누구인지,

어디서 왔다가 어디로 가는 것인지에 대해

해답을 찾아야 하는 삶입니다.

요즘 세상에 이런 문제를 진지하게 생각하고

해답을 찾으려 하는 사람이 얼마나 될까요?

갑자기 앞이 보이지 않는다는 막막한 생각이 들 때
바깥에서 답을 구하기보다
자신에게로 질문을 돌리는 수행을 해보세요.
'이 순간 내가 무엇을 어떻게 하면 되나?' 질문하고
고요히 기다리며 내면의 소리를 들어보는 것입니다.

미래에 대한 불확실함이 불안이나 두려움을 가져오는 게 아니라
새로운 것을 또 하나 배우는 기회라고 여기며 살아가면
세상이 달라집니다.
이미 알고 있는 방법으로 살아가는 것이 안전할지 모르나
변화와 발전은 없습니다.

벽돌을 매일 꾸준히 쌓아올린 사람은
반드시 집을 완공하겠지만,
기분 내키면 쌓고 아니면 말고 하는 식으로
일을 하면 완성된 집을 볼 수 없습니다.
기도 또한 꾸준히 하면 응답이 있지만
하다 말다 하면 성과가 없습니다.

미얀마의 우 조티카 스님은
"모른다는 것을 두려워하지 말라. 거기에 발전이 있다.
자신이 예전에 알지 못했던 것을 아는 것은 행복이며
인생도 앞으로 어떻게 펼쳐질지 모르기 때문에 흥미로운 것"이라
말씀하셨습니다.

호수에 돌을 던졌을 때

처음에는 작은 원을 그리지만 원이 점점 크게 퍼져가서 무한해지듯

작은 자아에서 넓고 커다란 자아로 나아가며

마음에 그어놓은 경계를 다 허물게 되면 우리는 달라집니다.

인생의 한 장면만 잘라서 보면

억울하거나 피해를 보는 일도 있지만,

우주적 관점으로, 전 생애를 관통하는 지혜로 본다면

모든 순간은 배움의 연속입니다.

뜨거운 쇳덩이를 모르고 잡을 때와

뜨겁다는 것을 알고 잡을 때

어느 쪽이 더 심한 화상을 입을까요?

그처럼 모르고 악을 저지르는 쪽의 재앙이

더 큽니다.

알면 조심하게 되니까요.

야생으로 돌아다니는 개와 고양이들은
자연에 큰 공덕을 짓고 있는 듯합니다.
그들은 쓰레기를 뒤져 먹고
살점 하나 없는 빈 뼈만 핥고 있으니
자연을 해칠 아무 무기가 없습니다.

자연을 훼손하는 인간과 달리
나무 한 그루 쓰러뜨릴 힘도 없으니
인간보다 공덕 포인트가 높지 않을까요?

산동네를 걸어 내려가다 털이 흰 떠돌이 개를 만났습니다.
돌아보니 덩치는 커다란 녀석이 주눅 든 표정으로
못 본 척 고개를 돌립니다.
아무것도 잘못한 것 없으면서 용서 빌듯 고개를 떨구는 저 개.
주눅 들어 있는 녀석이 불쌍합니다.
저 아이 눈엔 내가 뭘로 보일까?
저 아인 이 생에서 뭘 배워갈 수 있을까?

◎

사람들은 묻습니다.

깨어 있으려면 어찌해야 하느냐고?

호흡을 '알아차림' 하며 챙기는 것이 불교식 방법이지만

거기까지 가지 못한다면,

다른 이가 하는 것을 그대로 따라하는 행동이나

유행어 사용하기를 멈추고

스스로의 의지로 뭔가를 선택하는 것으로도 의식은 깨어납니다.

◎

숙련된 마부는 말이 아무리 날뛰어도

말에서 떨어지거나 자신의 목숨을 위태롭게 하지 않습니다.

마부의 몸이 말이 달리는 대로 자유자재로 대응하기 때문이지요.

그것과 마찬가지로 우리는 우리의 감정이 날뛰어

자신을 해치는 일이 없도록 마음을 잘 다루어야 합니다.

우리는 스승다운 스승을 찾고 스승의 자격을 말하지만
돌아보면 인류는 훌륭함과 비굴함 모든 것을 통해
배우고 성장했습니다.
우리가 숨 쉬고 있는 동안
어느 것 하나 우리를 일깨우지 않는 것이 있습니까?

뭘 보려고 하는데 자세히 안 보이면
더 가까이 다가가 몸을 숙이고 집중해서 보려고 하죠.
그것과 마찬가지로 감정도 자세히 마음을 기울여 살펴보면
윤곽이 선명해집니다.

자신의 내면에서 일어나는 감정과 함께하는 일이 쉽지만은 않지만
의도적으로 반응하지 않고 바라보면
조금씩 집중력, 통찰력이 생기게 됩니다.

우리의 마음이 내뿜는 에너지,

그 에너지의 속도는 빛보다 빠르다.

생각이 빛보다 더 빠르게 진동한다면

단 한 번의 집중된 생각으로 무엇인가를 변화시킬 수도 있다.

기왕이면 모두에게 힘이 되고 희망이 되는 방향으로….

상황이 이미 돌이킬 수 없는 것이라면 받아들이는 것도 용기입니다. 깜깜한 어둠 속에 빛이 있다는 사실을 인정하는 것은 어려운 일이지만 용기 있는 사람은 빛이 어둠 속에서 나오는 것을 압니다. 언젠가 과학 잡지에서 봤는데 바다 수심 6천~8천 미터의 칠흑 같은 암흑천지에서 살아가는 물고기가 자체 발광으로 바다 밑을 훑고 다닌다더군요.

깜깜한 어둠 속에서도

우리 내면엔 한 줄기 빛이 들어갈 자리는 있습니다.

어둠 속에서는 어두운 성향이 잘 보이지 않기 때문에
평소에는 자기에게 어떤 부족함이 있는지 모릅니다.
자신이 지금 역경에 처해 있다면
어둠에서 밝은 빛 쪽으로 나와 있다는 것을 알아야 합니다.
고난이 극심할수록 빛이 쨍쨍하여 더욱 선명하게 보입니다.

고통과 고난이 심하다면 기억하세요.
빛이 고통을 비추고 있기 때문에 드러나는 것이고
이미 드러난 이상 어둠은 빛의 힘에 의해
밀려날 것이라는 사실을.

강물이 느리게 흐른다고

강물의 등을 떠밀진 마십시오.

액셀러레이터도 없는 강물이

어찌 빨리 가라 한다고 속력을 낼 수 있겠습니까.

달팽이가 느리다고

달팽이를 채찍질하지도 마십시오.

우리가 행복이라 믿는 것은 많은 경우

행복이 아니라

어리석은 욕심일 때가 대부분입니다.

우주의 시계에서

달팽이는 느려도 결코 늦지 않습니다.

— 정목 합장

김보희

이화여자대학교 미술대학 동양화과를 졸업했으며 동대학원 순수미술과를
졸업했다. 이화여자대학교 조형예술대학 동양화전공 교수, 이화여자대학교
박물관 관장을 역임했다.

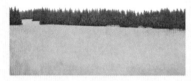

Towards, 2011,
Color on canvas,
150×300cm

Towards, 2017,
Color on canvas,
160×130cm

Towards, 2017,
Color on canvas,
91×72.7cm

Towards, 2013,
Color on canvas,
60.5×72.5cm

Towards, 2017,
Color on canvas,
280×180cm

Towards, 2017,
Color on canvas,
160×130cm

달팽이가 느려도 늦지 않다

1판 1쇄 발행 2020년 2월 7일 **1판 6쇄 발행** 2024년 1월 10일

지은이 정목
발행처 (주)수오서재 **발행인** 황은희, 장건태
책임편집 박세연 **편집** 최민화, 마선영 **마케팅** 황혜란, 안혜인
디자인 행복한물고기 **제작** 제이오
주소 경기도 파주시 돌곶이길 170-2(10883)
등록 2018년 10월 4일(제406-2018-000114호)
전화 031)955-9790 **팩스** 031)946-9796 **전자우편** info@suobooks.com
홈페이지 www.suobooks.com
ISBN 979-11-90382-14-4 03810 책값은 뒤표지에 있습니다.

이 도서의 국립중앙도서관 출판시도서목록(CIP)은 서지정보유통지원시스템 홈페이지(http://seoji.nl.go.kr)와
국가자료공동목록시스템(http://www.nl.go.kr/kolisnet)에서 이용하실 수 있습니다. (CIP제어번호: CIP2020002805)

도서출판 수오서재守吾書齋는 내 마음의 중심을 지키는 책을 펴냅니다.